コーヒーカップの耳

完本

阪神沿線 喫茶店「輪」人情話

Imamura Kinji
今村欣史

朝日新聞出版

まえがき

これから繰り広げられる物語の数々は下町の喫茶店に集う客たちによって語られたものである。

喫茶店のカウンター席では、人はだれもが油断する。だれにでも話せない秘密、家族にさえも打ち明けていないことも、ついポロリと喋《しゃべ》ってしまう。本音が零《こぼ》れ落ちるのである。

大阪と神戸のちょうど中間、西宮市の下町。そんなところに「喫茶・輪《わ》」はある。したがって、語られる言葉はほぼ大阪弁といっていい。方言というわけだ。方言には独特の味わいがある。その言葉でしか表せない情感がある。

「輪」に集うのはみな普通の人である。ごく平凡な生活をしている人たちだ。「椅子」（181ページ）の主人公、大出さんがいみじくも語っている。

「人間の一生　あっという間やなあ。死んだらな〜んも残らへんもんな。凡人はみなそうちゃいますのん？　なんか残るもん　マスターにはあります？」

そう、ここに登場する人は、ものを書いて残すという人ではない。庶民という言葉は、あまり使いたくはないのだが、そんな凡人たちが喫茶店のカウンターを舞台にポツリポツリと語る話、放っておけば空のかなたに消え去ってしまう話。それを傍《かたわ》らの「コーヒーカップの耳」が知らぬ顔をしてじっと聞いていたのである。

完本
コーヒーカップの耳
阪神沿線 喫茶店「輪」人情話
もくじ

2 そして戦後 41

3 戦争の匂いまだ残るころ 73

6 塀のうちそと

同書は、『コーヒーカップの耳　今村欣史詩集』（2001年　編集工房ノア）と、
その後に著者が書き溜めた文章とを合わせて編集したものである。
田辺聖子さんの帯文は、最初の詩集に寄せられたが、
今回ご遺族にご了解を得て、再掲する。
なお、登場人物は一部仮名とした。
本文には、歴史的な表現でいまは使われない言葉や、隠語などが登場する。
この本の性格に鑑み、ご理解いただきたい。

カバー・表紙画、本文カット
菅原洸人
帯文
田辺聖子
ドリアン助川
装幀
日下充典
本文デザイン
KUSAKAHOUSE
校閲
くすのき舎
編集
岩田一平

1

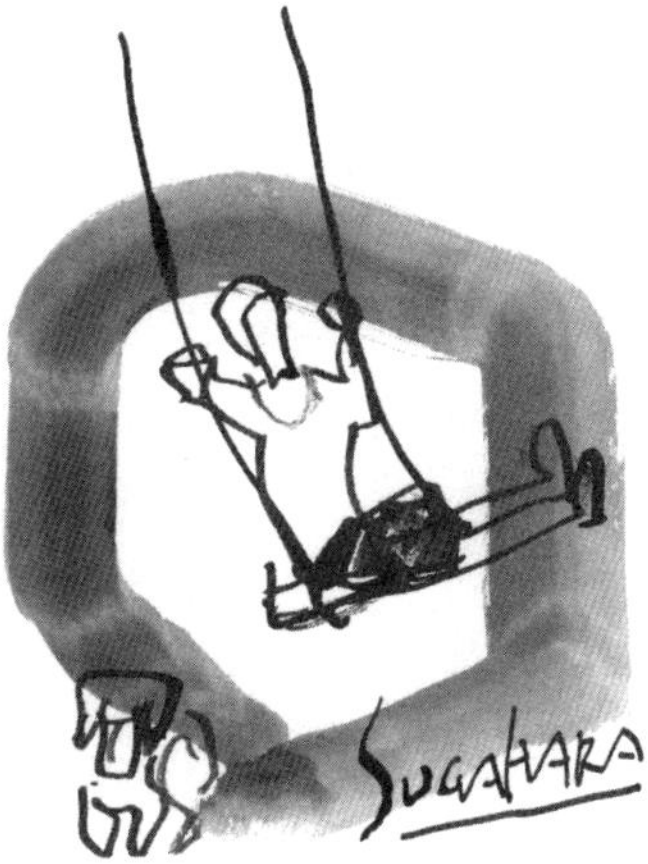

戦前から戦中

この辺りの話をしてくださった人たちの多くが、もうすでにお亡くなりになっている。

16歳で戦闘機乗りを目指し、厳しい訓練の末やっと単独飛行ができた時に、たった一人の大空で涙を流しながら「お母さ〜ん」と誰憚《はばか》ることなく大声で叫んだと打ち明けてくださった津波さん。戦争中に、お国のために死んでこいと言って本人に無断で父親から軍隊に志願書を出された角谷さん。鳴尾の川西航空機で、「紫電改」という戦闘機の製作に従事したという阪口さん。

などなど、いま、文字を刻みながら、その人たちの面影を思い浮かべているのだが、このような貴重な話をよくも残してくださったものと感謝の想いひとしおである。

へその緒

井上さん

自分のへその緒は　自分の母親が死んだ時に　その柩《ひつぎ》に入れてやるもんらしいけど　わてのんは戦災で焼けてしもうたから　入れてやられしまへんでしてん。あの世で寂しがってるかも知れんけど　しようがおまへんなあ。戦争はあの世までついて行きよりますなあ。あんたはんも　親より先に死んだらあきまへんで。へその緒の始末するもんがおまへんよってになあ。

お母さ〜ん

津波さん

昭和18年　16歳でした。そのころ「加藤 隼《はやぶさ》 戦闘隊」というんが流行してまして　戦闘機乗りに憧れてました。それで　大連で少年飛行兵に志願しました。母親にゆうたら　内心は嫌やったんやろけど許してくれました。体が弱かったから　どうせ試験には受からんやろ思てたらしいです。そやけど一次試験に合格して　二次試験が内地やったんです。生まれて初めての日本の土です。大連駅でみんなに「万歳万歳」と送られましたけど　列車が動き出して　長いプラットホームが終わりかけたとこで　母親の姿が見えました。ホームの端の　古いレールを利用して作った柱の陰で　じーっとぼくを見てる姿が見えましたんや。そしたら目が合《お》うた瞬間　母親の顔がクシャクシャにくずれて　両手で覆ってしまいよりました。父親が死んでから　ただの一度も涙を見せたことのなかった母親でした。それを泣かせてしもて　なんか悪いことをしたような気ィになってしまいました。

内地での二次試験にも合格して　そのまま九州の大刀洗《たちあらい》の飛行機学校へ入りました。厳しい訓練の毎日で　故郷が恋しくなって　母親に会いたくなって。そやけど　だれにもそんなこと言われしまへん。そやから夜中に　そーっとトイレに入って　小さな声で「お母さ～ん　お母さ～ん」て呼びました。

その後さらに厳しい訓練に耐えて　やっと待ちに待った単独飛行です。そばに教官がおらん。ほかにだれもおらん。聞こえるんはエンジンの音だけ。青い空に　たった一人。ああ　これでやっと一人前の飛行機乗りになれた　と思たら　涙が流れてきて　思わず大連の方角向いて「お母さ～ん」と大声で叫んでました。誰憚《はばか》ることなく。

教師の子

高山さん

母一人子一人の家庭やったんや。朝は一緒に学校へ行きよった。おふくろ教師やったし同じ学校やったから放課後は　友達みんな帰ったあと　一人で校庭で遊びよった。ほんでまた　おふくろと一緒に帰りよったんや。ある日　やっぱりそないして待っとったら　空襲警報が鳴りだした。おふくろは高学年受け持っとったから　その子ら連れて防空壕へ避難してしもた。俺は一人でブランコに揺られながら　低空飛行してくる　アメリカの戦闘機見とった。パイロットの顔まで見えた。

いっぺん　おふくろが受持ちになったことがあった。教室のみんなが騒いで　言うことを聞かんとき　おふくろ　筆箱で俺の頭　思い切り叩くんや。そのころの筆箱はセルロイドやったから　バキッて大きな音を立てて割れて。それでみんなびっくりして　言うことを聞くようになったんや。

よう悪さして　男の先生に職員室へ連れて行かれて怒られた。あっちの方の机に　おふくろがおって　仕事しながらチラチラこっち見よるんが眼のふちに入って　かなんかった。
ある日　学校に教科書忘れて帰って宿題が出来んかった。そしたら俺のおふくろ　もう真っ暗やのに　一人で取りに行かせよった。また職員室で怒られよるんを見るんが嫌やったんやろ。途中に田圃《たんぼ》や畑があって怖かった。あの時　隠れながらあとをつけてたんやと言うてくれたんは　ずっと後になってからのことやった。

高山徳太さん

「教師の子」の人

喫茶店をしていると意外なお客様が見えることがある。世間は狭いと。この人がそうだった。この人のことについてはエッセイに書いているのでそれを。


《カセットテープが送られてきた。

加古川市の山口フキさんという女性からである。

「わたしたちは毎月、視覚障害のある方々に朗読テープを送り届けています。そこに時々今村さんのエッセイを取り上げるのですが、一度聞いていただきたくて」

取り上げられたのは「縁」という題で、もう五年ほど前に書いたものである。朗読は川居裕子さん。BGMが効果的で、ラジオドラマを聞くような見事な朗読だ。わたしの未熟な文章が、語る人によってこのように感動的なドラマになるとは。

内容は、震災で家が全壊して大ケガをした高山徳太さんというマンションの管理人さんの話である。

その要約。

元は映画製作の仕事に携わっていた人で話題も豊富。目力のある個性的な美男子。存在感があり、「輪」のカウンター席になくてはならない人だった。

毎日、定食を食べに見えていたのだが、ずいぶん経ってから意外なことが分かった。わたしが昔まだ独身のころに読んで深く感動したある本を書かれたのが、この人のお母さんだったのだ。思いがけない縁だった。

ところが急に見えなくなって、心配していたところへハガキが舞い込んだ。

「別れの言葉が、再スタートの人生を不安にするので、黙して去ります。五年九カ月、二千回に近い楽しくおいしいひと時をありがとう。健康ですごせたのは〈輪〉の中にいられたおかげです。心から感謝しています。」

ほかにこの人にまつわる異色のエピソードも書いたが、「次にお会いするのは、どんな縁によってだろうか」と文を閉じた。

その高山さんに、このテープをダビングして送ったのである。必ずすぐに返事があると思っていたが、なかった。

しばらくして、奥様が一人で訪ねてみえた。

「徳太は亡くなりました」

わたしは絶句した。石像のように固まってしまった。

うちの店に見えられなくなってからも折に触れて便りを交換していた。お元気だと思い込んでいた。

「二年前に胃の全摘手術を受けました」

また涙ぐんで話される。

そんなバカな。わたしは言葉が出ない。

「徳太の母の命日にはシューベルトの未完成をかけることにしているのですが、徳太には毎年、あのテープを聞かせてやろうと思います」

その夜わたしは、高山さんからこれまでにもらった手紙を取り出してみた。川柳や短歌が添えられていたり、お孫さんの描かれた絵をコピーしてあったり、新聞などの切り抜きが貼り付けてあったりと多彩な便りが思いのほかたくさんあった。

読むと改めて懐かしく、一言一言かみしめるように話しておられた姿が蘇って胸がつまる。

いただいた便りの終わりから二通目。

「お身体にはお気をつけられ商売に励んでください」

ごく普通の言葉である。ところがその一字一字にわざわざ赤ペンで傍点が打ってある。わたしはアッと声が出た。ご自分の病気を秘めての心からのメッセージだったのだ。さらにその十日後の最後の一通。職場の様子を書かれた後の一行。

「トイレが傍らにあるのでミルク飲み人形としては安心です」

わたしはいつも迂闊《うかつ》だ。この便りをもらった時に、この意味を読めていなかった。なぜ気づかなかったのだろう。なぜ疑問に思わなかったのだろう。見舞いにも行けず、返す返すも無念である。こんなシグナルを見落とすなんて。自らを語ることを好まないシャイな高山さんの精いっぱいのシグナルであったろうに。

母逝きて　遺言通りシューベルト　未完成かけて　身内で弔う　徳太

ああ、高山さん、次にお会いできるのは、どのような縁によってでしょうか。》

帰らぬ人形

明石さん

わたしの実の父は　石川白鳥というペンネームで映画の脚本を書いてたんよ。髪はオールバックでいつも着流しで　わたしの知りたいことは何でも教えてくれて　カッコ良くてわたし大好きやった。父の原作脚本の映画では「帰らぬ人形」とか「山中小唄」というのがヒットしたらしいんやけど　そのうち売れんようになってきて　貧乏してたみたい。それで　わたしが9歳の時　お祖母《ばあ》さんが見かねて母を田舎へ連れて帰ってしまって　しばらく父と子ども四人とで暮らしてたんよ。まあ　わたしら子どもの知らない　もっと他の事情もあったんやろけどね。

ある日　父が「お母さんを呼びに行こ」と言って　わたしら子どもを連れて　田舎の母の所へ行ったんよ。ところがそこで　母が別の人と祝言《しゅうげん》挙げてるとこに　たまたま出くわしてね　父は知らんことやったらしくて　そっとまたわたしらを連れて帰ったんよ。それで父は諦めたらしい。
だけどそれからしばらくして　今度は父が家を出てしまってね　わたしら子どもだけになってしもた。父はすぐに帰るつもりやったんやろけど　これもわたしら子どもの知らない事情があって　帰れんようになったんやろね。それでお祖母さんが　お米やわずかのお金を持って来てくれたりしたけど　わたしが一番上やったから　弟らの面倒を見たらなあかんし　下の妹はまだ乳飲み子やったから　ミルクを飲ましたらなあかんし　学校へもその子を負んぶして行ったんよ。そんな生活を二、三カ月したころに　ヒョコッと父が顔を見せてね　ああ良かったと思たけど　ちょっと会いに来ただけで　わたしらの服やら靴やらを置いて　またすぐ出て行ってしまったんよ。わたしは父のこと大好きやったから　ついて行きたかったんやけど　嵐電《らんでん》の等持院《とうじいん》駅で　わたしのおかっぱ頭をなでながら「陽子ええ子にしときよ。きっと迎えに来るからな」と言って　そこで別れたんよ。それからはずっと　いつか父が迎えに来てくれると思て暮らしてたけど　結局それが父の姿を見た最後やった。

ある日　駄菓子屋の前で　店に人がおらん時　もうちょっとで万引きしかけたことがあったんよ。わたしは　今でもその光景をありありと思い出すんよ。ひもじくて　ひもじくてそこにあるキャラメルがおいしそうで　もうちょっとで手が出かけたんやけど　思いとどまったんよ。父の「ええ子にしときよ」という言葉思い出して。あの時　手ェ出してたらわたしきっとその後の人生変わってたと思う。

そんなころ　近所でウロウロしてる　おウメさんていう乞食のおばちゃんに声をかけられて　お菓子をもらったことがあった。わたしの顔見たら　くれはった。わたしのこと知ってたんやろなあ。わたし　お乞食さんに恵んでもらってたんよ。

それからわたしらは　母の所へ引き取られたんやけど　わたしは　教養のない義理の父親をどうしても尊敬できなくて　馴染めなくて「お父さん」とは呼べなかった。母も「あんたはお父さんに似てるから」とわたしのことを好きではなかったようで　辛《つら》い日々やった。

昭和19年　わたしが18歳の時　父が死んだと　鎌倉から知らせがあってね　母は　行かなくていいと反対したけど　わたし　電報の住所を頼りに探して行ったんよ。やっとたどり着いたら　葬式は済んでしまってたんやけど　父と暮らしてたという優しそうな女の人がいてはって　よく来られましたと家の中へ入れてくれはって　仏壇の遺骨にお参りさせてもらった。そこで「あの人は　いつも陽子陽子とあなたのことを心配してましたよ」と聞かされたんよ。そして　遺骨を持たせてくれはって　あの人がよく行ってた場所を案内しましょ　と言ってくれはって　縁のあるとこ連れて歩いてくれはったんよ。わたし　父の遺骨を抱いて　町を歩き回ったんよ。いつも行ってる散髪屋さんやら　煙草屋やら　食堂やら　映画館やらを案内してもらって。そこでの様子を話してもろたり。それから　江の島の海へも行った。二月の寒い日やった。きれかった。だけどわたし　腹立たしいて悔しくて　なんでわたしを十年も放っておいたんよ　て骨に向かって言った。なんで呼んでくれへんかったんよ　て言った。約束したやないの　て言ったんよ。

涙流してるわたしを見て　その人が「お父さんね　〝誰《たれ》か故郷を想わざる〟って歌が好きでね　いつも口ずさんでおられましたよ」て。ずっと貧乏やったから　呼びたくても呼べなくて　会いにも行けなくて　ということやったらしい。それからこんなことも言ってはった。「あの人　小説書いても甘い恋愛ものしか書けなかったので売れなかった」と。そら戦争中やもんね。だけど「お金を貯めて陽子を迎えに行くと言って　新聞配達やらいろんな仕事をして」と。二晩そこに泊めてもらって　お父さんの話　いっぱいしてもらった。そして遺骨をもらって　写真も一枚もらって帰った。

家に帰ったら　母がびっくりしてね　そんな骨どないすんのん　て怒ったんよ。それでわたし　知恩院さんに頼んで　そこに納めさせてもろた。写真は　わたしのお守りにして大事にしてたんやけどね　桑名の挺身隊の寮にいた時　急な空襲で荷物持ち出す間がなくて　焼いてしまったんよ。わたし　炎に向かって「シャシンーッ!」て叫んでた。写真はなくなったけど　わたしは　その写真の顔と　等持院で別れた時の姿とは　頭の中にハッキリと残ってるから。

この前　老人会で旅行に行ってね　江の島へも行ったんよ。わたし　人から離れて　一人で海眺めてた。昔の話はだれにもしなかった。

明石陽子さん

「帰らぬ人形」の人

「お兄ちゃん、わたしカフェオレ」

お兄ちゃんとは誰のことでもない、わたしのことである。後期高齢者のわたしに向かって、この人は今でも「お兄ちゃん」だ。

わたしは昔、米屋をしていた。しかも死んだ父を継いだのが17歳だった。恐らく当時、日本一若い米屋だったと思う。この人はそのころからのお客様。

現在93歳、いつも笑顔の明るい人である。苦労の影を一切見せない。お元気なころは「喫茶・輪」へ、仲間を引き連れて来られていた。だが、一人で来られた時に語ってくださったのが、ここにある「帰らぬ人形」である。

「お兄ちゃんやから言うけど、わたしこれでも昔、苦労したんよ」と。

志願

角谷さん

普通は　息子が自分で志願するもんや。親はほんまは行ってほしないから　息子が志願するゆうても　必死で止めるんや。そやけど俺とこは　親父が俺の名前で志願出しよったんや。どうせお前はろくな死に方せん奴や　それやったらいっそ　お国のために死んでこい言うんや。俺はまだまだ遊びたかったのに。ほんで　いきなりテスト受けさせられて三重の海軍航空隊に行かされた。そやけど俺は　体が小っこかったから　すぐに帰されてしもた。終戦の半年ほど前のことや。親父は嘆きよったけど　俺は喜んどった。そやから今も　こないして好きなことして生きとる。

角谷菊一さん

「志願」の人

西宮市のアマチュア野球界に君臨した人。声が凄い。浪花節と野球審判とで鍛えた強面《こわもて》声である。強面は声だけではない。文字通りご面相も大したもの。トラに似た、というより、トラの方がゴメンナサイと退散しそうな風貌の人である。ただこの人、背が低い。ゆっくりとドアを開けて入ってきて、そこで一旦立ち止まり、胸を反らす。「俺が来たぞ」というその姿は、後ろから支えが要るほどだ。

軍人精神注入棒

西山さん

屋敷中に響き渡るんよ。若い兵隊さんの尻を叩く音が。終戦前のことやった。鳥取のわたしんちに　海軍さんが五十人ばかり寝泊まりしよってね　毎日のように下士官が若い兵隊さんを棒で叩くんよ。失神したら水かけて　また叩くんよ。そしたらとうとう　うちのおばあさんが怒ってね　軍人精神注入棒と墨で書いた棒を　風呂に焚いてしまったんよ。だけど　すぐにまた新しいのが作られて　また叩かれて。そしたらまた　おばあさんが風呂に焚いてしまうの。次から次に燃やしてしまうの。そして言ったの。「うちの孫が叩かれてる気がする。この家からみんな出て行ってくれ」って。わたしの兄も海軍に出征しとったんよ。戦死したけどね。

手紙

西山さん

終戦前　航空隊におる時やった。日暮れ時に　白いマフラーした若い隊員が　その辺りをウロウロしよるんが気になってね　見てたの。そしたら　人目をはばかるようにスッとわたしに近づいて来てね　手紙を手渡したの。そのころ　わたしも若い娘やったから驚いてね。なにかと思ったら　小さな声で　あなたの名前で投函してほしいって。そしてサッと行ってしまったの。あとでその人の両親がわたしを訪ねて来られてね　その時の様子を涙を浮かべながら　何度も何度も尋ねられたの。

晩飯

谷さん

散兵ゆうて　前線では散らばらなあかんゆうのは教えてもろて知ってたし　演習ではやってたけど　ほんまの弾丸《たま》飛んでくる音聞いたら　わしら新兵はもう　恐ろして恐ろして一人でおられしまへん。雀の子がかたまるように　身ィ寄せおうてしまいましてなあ　あとでえらい怒られましたがな。それで肝試しやゆうて　捕まえてある捕虜の処刑を命じられましてん。撃て　言いますねん。そやけど　そんなことできますかいな。そしたら上官が言いよりました。「殺《や》らなんだら　晩飯抜きやぞ」て。

神武

若本さん

今の川崎製鉄西宮工場は戦時中　軍需工場になってて　ドイツから何隻かの潜水艦に分載して　密かに運ばれてきて組み立てられた最新鋭の機械があったんです。蒸気を動力にした千五百トンの水圧プレス機でした。それで戦闘機の部品を作ってたんです。そやけど一年も使わんうちに爆撃されてしもて。それは見事に　その機械だけを狙ったとしか思えんように壊されて。口にしたらあかんことやったけど　アメリカは凄いな　これでは日本はきっと負けると　その時思いました。そのころの川鉄はたしか「神武第35工場」と呼ばれてました。

握り飯

松本さん

戦時中のことでした。神戸東灘の川西航空機に徴用で行ってましてん。ある日　飛行機の羽根の上で仕事しよったんです。高い場所《とこ》やから　思いがけんとこが見えて。工場の隅で　組長が自分の弁当箱に　こそこそと握り飯を詰めとるんが見えてしもたんです。わて降りて行って問い詰めました。そしたら　残業の者の数を水増しして報告しとったんです。だれもが食い物には目の色を変えてた頃のことです。わても若かったからなあ　つい大きな声出してしもて。子どもがよおけおる人やったんや。

学徒動員

安原さん

平壌　今のピョンヤンにおった時　東京の対米情報部に呼ばれて行きました。終戦になる前の年のことです。わたし　英語ができたもんで　米軍の捕虜から情報を聞き出す役目でした。ある時　大森の捕虜収容所で若い兵士を調べたんです。撃墜された飛行機からパラシュートで助かった兵士でした。ミシガン大学で経済を勉強してるということでした。それで聞いてみたんです。「お前なんでこんなとこへ来たんや」て。そしたら「お前といっしょや」て。

名前

樋口さん

小学校の時　同級生に同じ名前のやつがおって困りました。「与宥」と書いて「かずみ」て読むんでっけどな。おかしいでっしゃろ　こんな難しい名前で　字も読みもおんなじて。おまけに誕生日まで。そんな奇跡おまっか？　調べたら　そいつもおんなじ神社でつけてもろてましたんや。

学校で困っただけやったらまだええけど　軍隊でえらい目に遭いましたがな。上官が点呼するときに　俺のとこで止まってしまいますねん。読めんのですわ。「ややこしい名前つけるな」ゆうて殴られて。元の帳面にはフリガナついとる筈《はず》やけど　よう覚えよらんのです。そやから恥かかされた思て　腹いせに殴りよりますねん。一ぺんだけやなしに　何べんも。俺がつけた名前でもないのに　軍隊ゆうとこは　ホンマに理不尽なとこでっせ。それにしても　もう一人の与宥はどないしとるやろなあ。学校出てから会《お》うてないけどどうせロクな者にはなっとらんやろなあ。

憲兵

沢村さん

関釜連絡船で渡ったんですが　わたしのすぐ後の船が　アメリカの潜水艦に撃沈された崑崙丸《こんろんまる》でしてね　わたしは運よく助かったんです。しかし　冬の平壌《ピョンヤン》は寒かったですよ。洗面台が吹きっさらしの外にあってね　それが低いんです。よほど屈《かが》まないと顔が洗えないんです。なんでかなと思ったら　足元に氷が厚く張ってたんですよ。春になったら普通の高さになりました。このところ北朝鮮がよく話題になりますが　懐かしいと同時になんとも複雑な思いがします。

軍隊はね　いじめが　そりゃあひどかったですよ。まあ　たいがいどんなだったか知っておられるでしょうが。同年兵で　耐えきれなくて脱走したのがいましてね　あの寒い朝鮮の山の中に逃げたんですよ。だけど憲兵隊はえらいもんですねえ　どっちの方角に逃げるかよく知ってるものらしいです。だから　追って捕まえるのはたやすいけど　そうなる

と軍法会議にかけられて　罪がうんと重くなるから　部隊で見つけてこいと言われまして
ね　わたしたちが探しに行きました。幸い　連れ戻して　部隊内の軽い処罰で済みました。

紫電改

阪口さん

学校出てすぐに　鳴尾の川西航空機に勤めました。そこでは「紫電改《しでんかい》」という戦闘機を作ってました。

元々「紫電」という戦闘機があって　それは胴体の真ん中から翼が出ている中翼機やってね　足が長かったんです。そのせいで故障が多くて。そこで　胴体の下に翼を付けて低翼機にしたのが「紫電改」です。いや　もっとほかにもいろいろ改良してるんですけどね。

初任給ですか？　はい20円だったと思います。昭和14年4月でした。寮費を払《はろ》たら　手取り11円。最初はみんな母親に渡しました。そしてその中から小遣として1円もらいました。その後　給料はみんな戦時国債を買うのに使いました。わたし6歳で父親を亡くしまして　家が貧乏やったんです。そやから欲しいものを買う習慣がなかったんです。今から思えば　悲しいことでした。そやけど結局みんなパー。ばかばかしかったけど　戦争に負けたんやからしょうがなかったです。

戦後は伊丹の新明和工業で　やっぱり飛行機づくりに携わりました。ベトナム戦争の時には米軍の飛行機も扱ってました。ベトナム帰りの機内には　薬莢《やっきょう》がコロコロと転がってましたよ。それ修理して返したら　またベトナムへ行って人殺すんやと思て　自分の仕事に疑問を感じるようになりました。それに　しょっちゅう反戦デモに押しかけられたりして大変でした。それで昭和46年に民間機だけを扱う会社に移ることにしたんです。

修理が済んで　テスト飛行に乗せてもらうこともありました。急降下、ピッチング、ローリング、ヨーイングなど　色んなことを想定してやるんで　時には怖いこともありましたよ。

えっ？　あなた飛行機に乗ったことないんですか！　信用できない？　それは困るなあ。あんなに安全な乗り物はないのに。これ　あなたに差し上げます。ネクタイピンです。飛行機の絵と　YS‐11の字が刻まれてるでしょ？　戦後初の国産旅客機です。会社から記念にもらったものです。いやいや　わたしが死んだら　どこかへ行ってしまいますから。どうかもらってください。

2

そして戦後

この時代は人々の記憶から、もうセピア色のかなたへ消えて行こうとしている。それだけに日本の庶民の歴史にとっても貴重な証言と言えるものだろう。

終戦直後のアメリカ軍キャンプで働いた体験を語って下さった西山さんは、明るいユーモアを交え、その身振りと共に深く記憶に刻まれている。やはり進駐軍の施設で働いた角谷さんの話に出てくる、日本人の生きる力と人情。

そして助代さんの「チョコレート」には参ってしまいました。ご本人にとっては何げない話だろうが、米軍の兵士が道端に捨てて行ったチョコレートの包み紙を缶に入れて大切にし、時々匂いをかいだという。その当時の日本の子どもたちを抱きしめてあげたくなるのはわたしだけだろうか。

裸のアメリカ兵

西山さん

戦争に負けて　鳥取にも進駐軍がやってきたんよ。米子飛行場へね。それで一家に一人勤労奉仕に出んならんようになったんよ。若い娘は危ないからゆうて　たいていの家は年配の人が出たんやけど　わたしんとこは母が病気やったし　姉は気弱で優しい性格やったから　お転婆やったわたしが出たんよ。十九のときやった。

行ったら四人ずつ十列ほどに並ばされたんよ。そしたら　前のおばさんがわたしを後ろに隠してくれたの。「アメリカ兵に悪さされたら　あんたのお母さんに申しわけない」ゆうてね。だけどすぐに見つけられてね　人差し指を上向けにチョイチョイと折り曲げて「カモンカモン」て呼び出されたんよ。ホント怖かったけど　殺されることもあるまいと覚悟を決めて　亀が首を出すようにして前に出たの。

娘ばかり四人が呼び出されて　兵舎に連れて行かれたんやけど　部屋の掃除やボタン付けなんかのメイドの仕事やった。暑い外での草抜きなんかをするほかの人に比べて　わたしたちは涼しいところで楽させてもらったんよ。ドアは必ず開け放しにしてくれてたし廊下を憲兵のような人がひっきりなしに巡回してくれてたし　怖いようなことはなにもなかった。それに　三時にはココアを出してもらって　おやつをいただいたり。四時になったら「ゴーホーム」ゆうて帰らせてくれたの。帰りに廊下から兵隊たちの部屋の中が見えるんやけど　シャワーを浴びたアメリカ兵が素っ裸でくつろいでたりして　それはもう驚いて　外へ出てから笑い転げたよ。それは家族には言えんやったね。心配するから。

コスモス 1945年 夏

角谷さん

夜中にスコップかついで行くんや。サツマイモ掘りに。ほんで　袋いっぱいに詰めて持って帰って開けたら　骨が混《ま》じっとってなあ。女学校の跡やってな　そこで空襲で焼け死んだ人を　よおけ焼いたんや。そのあとにイモ植えてたんや。そやから骨がコロコロ混じっとってからに。気持ち悪いから骨は返しに行ったけど　イモはみんなで食うたで。腹へってたからなあ。その秋は　きれいなコスモスがよおけ咲いてた。ええ肥料になったんやろなあ。

進駐軍 I

角谷さん

戦後すぐの　俺が20歳ぐらいのときのことや。甲子園に米軍の大きなキャンプがあって将校の宿舎の食堂で仕事しよった。将校は一般の兵隊ほど飯食わん。そやけど一人当たりの量は同じやから　いっつも食材が余りよった。トラックで運ぶ途中　国道の交差点で止まって野菜なんかを箱ごと道に落とすんや。そしたらよおけ人が群がってきて必死で拾いよる。そのうち俺らのトラックが行くんを待つようになりよった。バッタみたいに頭を地べたに着けて　礼ゆうて拾いよった。手ェ合わせて拝んでくれる年寄りもおった。残飯もよおけ出よったから　浮浪者　今でいうホームレスがいっぱいおる甲子園浜へ持って行った。大きな缶に入れて　トラックに積んで行くんやけど　二百人ぐらいが群がってきて収拾がつかん。そこで「だれかボス決めて　ケンカせんように分けろ。そやないと　もう持ってこん」ゆうてやった。そしたら次からはキチンと統制が取れとって缶も海の水できれいに洗《あろ》うて返しよった。

進駐軍Ⅱ

角谷さん

米軍の偉い人に見込まれて　米兵のする仕事もさせてもろてた。甲子園キャンプでは日本人もよおけ働いとって　帰りにゲートで身体検査受けるんや。食いもん持ち出す者がおったから。高速道路の料金所みたいに　ブースが五ヵ所ほど並んどって　米兵が一人ずつチェックするんやけど　時々その役を俺が日本人で一人だけさせられよった。服装も帽子も進駐軍とおんなじや。毎日行列ができるんやけど　俺の前で　なんともいえん眼ェで訴えるもんがおるんや。（家で子どもが腹減らして待ってます）ゆう眼で哀願しよるんや。身体触ったら隠しとるんまるわかりや。そやけど　眼ェ見たら「オーケー」ゆうてしまうんや。ゲート出て　ちょっと行ったとこから　こっち向いてそっと頭下げて帰って行きよる。そのうち　俺がチェックに出とるときには　俺のブースの行列が　米兵のブースより五倍ぐらい並びよった。アメリカも知っとったんやろけどな。

曲《かね》尺《じゃく》(大工の必需品)

最所さん

三宮の高架下で　ムシロ敷いて売りよりました。小遣いくれるよってに　よう手伝いに行きましたなあ。いろんなもの売ってましたけど　よう売れたんは物差し。それも曲尺が特に売れましたなあ。親父　戦争の後はこんな物が売れるて目ェつけよったんですわ。田舎まわって米買《こ》うてくるんやなしに　物差し　安う買うてきますねん。それを十倍二十倍の値ェつけて売りよりますねん。今思うても　ええ商才があった思いますけど　ええ服着さしてもろたんはチョイの間で　ちょっと金が出来たらそこらにおらんようになってしもて　おふくろ泣かせてましたなあ。

チョコレート

助代さん

日本が負けて　進駐軍の車が毎日毎日いっぱい連なって通りよった。ある日　一台のジープが道端に停まって　兵隊がパラパラと降りてきた。赤いのんや黒いのんがおって　おまけにでっかいから　俺ら怖《こお》うて　隠れて見とった。そしたら　みんなで立ち小便やったんや。日本人と同じ格好でしよった。ほんで行きしなに何か捨てて行きよった。あいつらが捨てて行くもんの中にはけっこうええもんがあったんや。そやから俺ら　仔犬みたいにそれ目がけて突進した。見たこともないきれいな缶やった。摩天楼の絵がカラーで印刷してあった。そろーっと開けてみたら　クチャクチャの銀紙がいっぱい入っとった。チョコレートの包み紙やったんや。なんともいえん　エエ匂いしよんねん。鼻近づけたら気ィ遠なりそうやった。長いこと匂たらあかん　匂いが消えるゆうて　ちょっとずつ順番に匂いかいで　すぐ蓋しとくねん。俺らみんなの宝物にしたんや。

フェンス

助代さん

これも戦後の話やけど　六年生ぐらいの時やった。浜寺の海水浴場に皆で泳ぎに行きよったんや。松林の中に米軍の家族が住んどんねん。広い芝生のある平屋建てのきれいな家や。それがいっぱい並んでて　そのそば通って行くんや。ある時　フェンスの中で白人の子どもが一人で遊んどった。手招きしたら疑いもなしにそばへ来よった。かわいい男の子やったけど　なんかしらん急に憎たらしなって　頭しばいて泣かして逃げたことがあった。なんであんな気持ちになったんやろなあ。

ニワトリ

助代さん

あのころは　お客さんが来るゆうたら　ニワトリで歓待したもんやった。旨いのんはオンドリ。中でも若いのん。まだ上手によォ鳴かん　やっと鳴き始めたぐらいのんが旨い。そやけど　つぶすとき　なにか理由をつけてからや。こいつは俺をにらみよるとか　夜中に鳴きよるとか。

助代正夫さん

「チョコレート」の人

仕事帰りに寄っては興味深い話をしてくれる人。何とも味のある話を。人間の微妙な心理を垣間見せてくれるような。とは言っても、ご本人はなんにも考えてはいない。大層な話をしているつもりもない。

オープン当初からの常連さん。珍しい名前である。すけだいと読むが、うちの店ではだれからも「助ちゃん」と呼ばれて親しまれている。ちょっと笑福亭鶴瓶さんに似た顔だ。アユ釣りのベテラン。川での日焼けがもう地黒になっていて、実際の歳よりも老けて見える。失礼なことに、当初うちの女性スタッフは「お父さん」と呼んでいたのだった。後でわたしたちとそれほどかわらない年齢だとわかって恐縮した。おっとりした喋り口で、たまに「お父さんにはちがいないねんけどなあ」とつぶやいていた。それが精いっぱいの抗議だったのだ。「あんたらの親になった覚えはない」と叱られても仕方ないのに。

まず、この人が怒るのを見たことがない。「助ちゃん、怒ることないのん?」と訊くと、例の口調で「俺かてたまには腹立つことあるでえ」といたってのんびりしたものである。山の向こうに家があって、小一時間かかって通勤している。事情があって大きな家に一人住まいだ。庭も広い。たくさんの植木や花を育てていて、咲いた花はみんな持ってきてくれる。鉢植えのものは、花が済んだら持って帰って、次のシーズンにまた持ってきてくれる。「よおけの人に見てもらえたらええねん」と。店にとってこんなにありがたいお客様はない。休みの日、家族、スタッフが訪ねて行って、そこの庭で焼き肉パーティーをさせてもらうことがある。いわば親戚付き合いである。

この人が訥々《とつとつ》と語る昔話がわたしは好きである。自慢話にならないのは人柄であろう。

個人の人さま

渡辺さん

朝鮮戦争のころやったなあ。煙突の先の避雷針から下りとる銅線　太い裸線やから　ええ金になってな。20メートル以上あったけど　登って行って上で切ったんや。ほならヒューっと落ちて行って　下でうまいこと蛇がとぐろまくみたいに丸い束になりよった。それから大きいタンクに付いとるタラップ。あれも高さ10メートル以上あったけど　やっぱり登って行て上から順番に鉄鋸《てつのこ》で切って落としたんや。それから　焼き場の窯の扉　ありがたい仏さんの模様が入っとったけど　あれも。ついでに死人乗せて出し入れする台も。あの頃は金物は何でも買《こ》うてくれたなあ。そやけど　夜の焼き場は怖かったでえ。あの頃は　よおけ人が死んだし　薪《まき》で焼いてたから。その日のうちに焼き切れんかったんやろな仏さん入れたままの棺桶がいっつも二、三個積んだまま置いてあった。そんなことばっかりしとったから　しまいに捕まってしもて　一カ月ほど豚箱*に放り込まれてしもて。そこで毎日　黒い小さいパンを食わしてくれるんやけど　腹減りすぎとるから　それ賭けて同部屋の四人で博打やるんや。不思議なもんで　弱い奴はいっつも負けてからに　一週間ぐらい食えへん者おったでえ。そやけどわては　個人の人さまには　一切迷惑かけてないで。

［注］＊豚箱＝留置場。卑語

ヒロポン

渡辺さん

　ヒロポン*ですか？　それやっとりましたがな。やってたどころか　作りよりましたがな。浜のジャコ工場で三年ほど作っとりましたがな。そやけど埃《ほこり》がごっついから　ええもん出来んでなあ。試し射ちしたら　ガタガタ震えてきて　売りもんにならんことが　ようおましたで。そんなときは　醤油飲んで風呂入りまんねん。ニワトリが卵抱くみたいに　じーっと風呂入っときまんねん。ほんなら　なんでかしらんけど　治りよりましたなあ。いやあんまり金にはなりまへんでしたで。わてら　使い走りやったからなあ。そやけど親分は外車三台持っとりましたで。

［注］＊ヒロポン＝アンフェタミン系の向精神薬（覚醒剤）

コッペパン

角谷さん

みんなで無賃乗車したときに　なんでかしらんけど俺だけが捕まってしもて　放り込まれたんや。終戦前に俺を勝手に海軍に志願させた親父やったけど　警察へもらい受けにきてくれよった。謝ってくれとるんや。そやけど俺はふてくされて　机の上に胡坐《あぐら》かいとった。そしたらまた警察が「親不孝もん！」ゆうて俺を怒りよるんや。親父は横で　土下座して謝っとった。警察出たとこに広場があって　親父が「そこに座れ」ゆうんや。なんやろな思たら　コッペパン出してきて「腹減っとるやろ」ゆうて　一緒に食うたんや。

白ご飯

木谷さん

　戦後すぐ　わたしがまだ子どものころやった。ご飯はいっつも麦や大根や芋を混ぜたんばっかり。それでいっぺん白いご飯が食べたくてね　親たちが畑に行ってる間に炊いて食べてん。ちょっとぐらいやったら見つからへんと思て。だけどわたし　まだ小さかったので　うまく炊けなくて　ビチャビチャになってね。でも美味《おい》しかった。弟にも食べさせて「どうや　美味しいか？」て聞いたら　こっくりうなずいて　ニコッと笑《わろ》てん。だけど　帰って来た親にすぐに気づかれてしもて　ひどいこと怒られた。畑から親と一緒に帰ってきた兄には　大根で思いっきり叩かれた。真っ二つに折れた大根が真っ白やった。そらそうやな。しんどい畑仕事をして帰って来たら　大事な米を勝手に食べてるんやもん。そやけど　あの時の白ご飯は　ほんまに美味しかった。

　けどね　ほんまのほんまは　自分が食べたいのに　わたし　弟のせいにしてん。「あんた　白いマンマ　食べたいか？　食べたいやろ？　炊いたろか？」て言うて「うん」て

言わせて　それから炊いてん。けど　それは親には　言ってないよ。

煙草の葉

木谷さん

小学校五年生ぐらいやったかなあ　うちの畑で煙草を作ってててね　よう手伝ったんよ。穫り入れた葉を一旦干したあと　今度は湿らすんよ。軒下に細い縄を張ってね　それにぶら下げて。その縄も家でお爺ちゃんが作るの。あのころはなんでも藁《わら》で作ってたね。靴なんか買ってもらえなかったから　教えてもらって自分で草履《ぞうり》を作りよった。お爺ちゃんが手を取って教えてくれてね。ああ　お爺ちゃんの　乾いた藁のような匂い　今でも思い出すわ。

そのお爺ちゃんやけどね　昔の戦争で片方の足　膝から下を失くしててね　ズボンを畳むように折り曲げて　いつも同じとこに座ってはった。わたしはその膝の中にコソッと滑り込んで色んなこと教えてもろた。いろはにほへとやら　おててちょちちょちやら　かいくりかいくりばーとかね。

話　横道にそれたけど　軒先に張った細い縄の　その縒《よ》り目に葉の軸を挟んでぶら下げるんよ。そしたら夜露で湿ってね　広げて伸ばすのに丁度いい具合になるんよ。それを次は一枚一枚ていねいに広げて伸ばして　枚数を数えて束ねるんよ。ニコチンで手が真っ黒になりよった。破れた葉は捨てずに別にちゃんと置いといて申告せなあかんのよ。そやけど母がタバコにして吸ってた。畑にある時に枚数調べられてると思うんやけど　どないして誤魔化してたんやろね。習字の細筆に半紙を巻いて筒を作って　刻んだ葉っぱを詰めてね　上手に作ってた。おいしそうに吸うんやけど　急に怖い目になってね　だれにもゆうたらあかんで！　人にゆうて警察に知れたら　お母ちゃん捕まって牢屋に入れられてしまうんやで　て言われたんよ。暗い牢屋に入れられる母も可哀《かわい》そうやけど　それよりなによりわたしは　家　貧乏の上に親がおらんようになったら　自分らの生活困るから　絶対に喋らなんだよ。考えたら　この齢になって今初めて人に話すぐらいやわ。よっぽど恐かったんやろね。そやけど　ほんまはなにが恐かったんやろ。もしかしたら　警察や牢屋よりも　自分の親がそんな悪いことをしてるという　そのことの方が恐かったんかも知れんね。

お父ちゃん

木谷さん

うちのお父ちゃんは　ほんまに悪い人やってん。

戦争からやっと帰って来はったと思たら　すぐにおらんようになってしまわはって。戦友の遺品を遺族に届けるゆうて出て行かはったまま帰って来んかってん。お母ちゃんがやっと居るとこ探り当てて　わたしら五人の子を連れて　電車乗って行ってん。福知山の方やったと思う。

この辺やろという所まで行って　歩いてるおじさんに　必死で尋ねるお母ちゃんの顔うち　今でも覚えてるねん。

やっと探し当てたその家の前で　お母ちゃんは　一つ大きな息を吸ってから　いきなり戸を開けはった。そしたらそこに　お父ちゃんが　戦友の奥さんの桃子さんとおってん。お父ちゃん　一瞬ポカンとしてはった。ほんでうちが「お父ちゃん！」ていう前に　お母ちゃんが金切り声を上げて摑《つか》みかかって行かはってん。アッという間に修羅場やった。下の子らはわんわん泣くし　お父ちゃんは怒鳴るし　桃子さんも泣き叫ぶし　もうムチャクチャ。しまいにお母ちゃんは　そこにうちら五人を　猫の子を押しつけるように置いてどっかへ逃げて行ってしもてん。ほんでお父ちゃんが困って　うちらを帰そうと　駅へ連れて行ってん。そやけどそのころ　戦後のどさくさで切符がなかなか買われなかったんやと思うわ。うちら　駅の構内でゴロ寝させられてん。今度はまるで野良犬の子や。そしたら　どっかからお母ちゃんが現れて　泣きながら「かんにんな　かんにんな」ゆうて　うちらを家に連れて帰ってくれてん。

そのあと　お父ちゃんも帰って来たんやけど　何カ月かしたら　今度は桃子さんがうちの家にやって来てん。それも赤ん坊を負んぶして。その子はお父ちゃんが生ませはった子やってん。うちはまだ子どもやったから　どう決着がついたか知らんけど　そのあとちょっとの間は　家族八人で暮らしてん。そやけどまたお父ちゃんが　出稼ぎに都会へ出ていかはって　そのまま帰って来はらんようになってしもた。何年もどこに住んでるか分からんようになってしもてん。お母ちゃんはまた八方手を尽くして　やっと探し当てはったら子どもが二人出来とってん。その女の人　玉江さんには　前のご主人の子で　俊夫ていう

子もあってな　もうややこしいことやっててん。

とうとう離婚になって　うちらはお爺ちゃんとお母ちゃんに育てられてん。そら貧乏やったよ。お爺ちゃんもお母ちゃんも仕事があるから　うち　毎日下の弟を連れて学校へ行きよった。教室の一番後ろの隅っこの席で子守りしながら勉強しててん。けど　そんなんで勉強できるわけないやん。そやからうち　今でもなんにも知らんアホやねん。

それから年月が過ぎて　縁あって結婚してここに来たんやけど　ある時　俊夫さんから電話があって「そちらに仕事があって　出張で行くので一晩泊めて下さい」て。ちょっと考えたけど　うち　泊めてあげてん。考えたらその人も親に裏切られたような人やからなんか可哀そうでね。だけど会っても　なんにも話せなかった。話すことがなかった。

問題はそのあとやん。今度はお父ちゃんが電話かけてきて　同じように「一晩泊めてくれ」て。これは　アホちゃうか思て　ハッキリ断った。ほんならお父ちゃん　なんてゆうたと思う?「親の言うこと聞かん子がおるかっ!　なんぼアホな親でも　子は親の言うこと聞くもんや」て。そんなこと言う人やってん。それでも　死んだ知らせが来た時は葬式に行った。ほんで　お骨拾いながら「お父ちゃん」て言うてしもてん。腹立つわあ。

木谷恵美子さん

「お父ちゃん」の人

「喫茶・輪」の常連さんは圧倒的に男性が多いが、実は、女性にも魅力的な人が多い。

この人もそのうちの一人。

帽子がよく似合うオシャレな人。年上の人に対して失礼かもしれないが、かわいい人である。知らないことはすぐに教えを乞う。無学歴も隠さない。学歴の低さならわたしも負けてはいないけれど、こんなわたしにでも、知らない言葉が出てくると「それどういうこと？」と尋ねる。子どものように純真な人なのだ。

ご主人を早くに亡くされて苦労して二人の子どもさんを育て上げ、今は気楽に日々の暮らしを楽しんでおられる。昼下がりのコーヒーを飲みながら、世間話をするのが唯一の楽しみ。

大豆

足立さん

終戦直後のことやけどね　わたしと妹とで　親の目盗んで　大豆炒ってたんよ。夕飯まで待てなくてね。それは家族にとって　その日の夕飯に大切なもんやと知ってたんやけどね。そしたらその時　母が思いがけなく早く帰ってきてね　わたし　どこへ隠そうかとあわててしまったんよ。ところが　その様子を見た母の口から出た言葉は「あんたら　夕飯の支度をしてくれてるのね」やったんよ。わたしはこんなに悪いことをしてるのに　お母さんはそう思ってない　と思たら　涙があふれそうになってね。その日のことがあってわたしは　自分の子どものことを信じ切ることにしてるんよ。

焼《しょう》夷《い》弾《だん》

北重さん

うちのおふくろ　今から思たら偉かったなあ。俺を上手に褒めて　その気にさせよった。俺の気性をようわかっとって「お前は寝起きがええなあ」ゆうて　畑の野菜の水やりを俺の役目にしよった。小学校二、三年やった。そのころは終戦直後で　空き地に近所の人が畑を作って野菜を育てよった。おだてられて　いっつも俺が朝一番に行きよった。「骨惜しみせんと　よォ働くなあ」とか言われてうれしかったんや。

近所の大人が　畑や湿地帯に行って不発の焼夷弾を拾て来よるんを　俺も真似して拾て来た。やわらかい土に突き刺さって発火せんかった焼夷弾や。宝物を抱えるように持って帰った。六角形の筒になっとって　中にゼリー状の油が入っとんねん。アメリカンコーヒーみたいな　薄茶色の油やった。それを缶に小分けしといて　焚きつけに使うんや。飯炊いたりするのに　この油をちょっとつけるだけで一発やった。おふくろ「おてがらおてがら」ゆうて　喜んでくれたがな。そやけど　いっぺん失敗してしもて。家の入口で触りよったら　缶に火がついて　大きな炎が上がって　焼け跡にせっかく親が建てたバラックの家　もうちょっとで　また焼いてしまうとこやった。アメリカの焼夷弾拾てきて　自分で自分の家燃やしたら　シャレにもならんわなあ。

北重祐二さん

「焼夷弾」の人

カウンター席の好きな人は個性的な人が多い。この人もその一人。

長年ガラス製造のエンジニアとして仕事をしてきた人で、つい最近までほぼ隔月でタイに技術指導に行っておられた。会社は定年退職しておられるが、その後も技術技能を見込まれてのこと。

行けばいつもタイの民芸品などの土産を買ってきてくださり、店のあちこちに飾っている。

そのタイの工場の写真を見せてもらったが、わたしの想像をはるかに超える近代的で立派な工場だった。最新設備の製造ラインで指導している姿は、「喫茶・輪」でリラックスしている姿とはおよそ違っていてカッコいい。

この北重さん、実は講道館柔道の有段者でもあり、パワーあふれる雰囲気を持っておられる。目つきがいい。いつも「なにかやってやろう」という前向きの目だ。子ども時代はさぞヤンチャだったろうと思わせられる。

ナスビ

古川さん

戦後すぐに　もう　ようけ仕事おましたんや。染め物屋してましたよってにな。みんな軍服やら国民服を持ってきて　自分の好きな色に染めてほしいゆうて。それまで　地味な色のもんばっかり着てましたよってになあ。

八月五日のことやけど　B29が飛んで来るんを　親父と一緒に屋根の上の見張り台で見よりました。親父は町内の防空の委員をしよったから　ギリギリまで逃げんと頑張って周りを火に囲まれそうになってから　やっと逃げ出しましてん。逃げる途中で　わては弾けた焼夷弾の油が頭からかかったんやけど　夏布団濡らして被《かぶ》ってて助かりました。そら恐《こ》ォましたで。家　丸焼けになってしもたけど　わてとこは　どっこにも頼って行くとこないから　焼け跡へ戻って来ましたんや。途中で　焼け焦げた遺体を乗せた荷車に何台も会いました。そら悲惨なもんやった。

焼け跡では　まだ小さい火が残っとってな　うちの家焼いた　その火ィで　畑で作ってたナスビを焼いて食べましてん。

そんな中で　親父と二人でバラック建てましてん。素人のすることやから　碌《ろく》なもん建たしまへんけどな。焼け跡から　まだ燃えよる木材拾うてきて　水かけて消して建ててんがな。みんなそないして　バラック建てたんですわ。そやけど困ったんは便所や。使えるんが少のうて　近所みんなで使うから　すぐいっぱいになって溢《あふ》れてしもて。そやからハエがムチャクチャ湧いて　家の天井いっぱい真っ黒になりよった。それで　新聞紙に火ィ点けて天井あぶりますねん。ほんなら　羽が焼けるから　バラバラ落ちてきよりましたで。切りがおまへんでしたけどな。

風呂でっか？　風呂は釜で湯ゥ沸かして　防火用水槽に入れて　水でぬるめて　近所の者みんな順番で入りましたがな。なんの囲いもない露天風呂ですわ。そこへ男も女も入りよりました。そら賑《にぎ》やかでしたでェ。染物の釜で沸かしたから　青い湯になったり　赤い湯になったりで　ホンマ　温泉みたいやった。

3

戦争の匂い まだ残るころ

まだ戦争の傷跡が残るが、野性味あふれる戦後復興の時代。大人たちは、子どもの面倒を十分に見られる環境ではなく、それゆえ子どもたちは、まだあちこちにあった空き地で自由奔放に遊んだ時代。

そんな中、博打好きの親父が、子どもの正月の服を買うお金を競艇《ボート》で負けてしまい、家に入れず「いっとき家の前で大声出して暴れて　ガラスたたき割って」奥さんを怯《おび》えさせてから入ったという小心者の、懺悔のような話。ひどい話ではあるが、この渡辺さんは、実はかわいいおじさんでありました。

ストリップ

助代さん

マンガの「じゃりン子チエ」が住んでる辺りのジャンジャン横丁で育ったんやけどな。小学校三、四年のころのことや。近くにストリップ小屋があって　大きい子が連れて行ってくれよるねん。大きいゆうても小学生やで。なんかしらん　ようわからんねんけど　恥ずかして　コソコソ入った記憶がある。木戸賃は　鉄屑拾て売って貯めた金の中から払うねんで。風呂代みたいに小人価格にしてくれよった。ほんまやで。入ったら前に大人がいっぱいおるから　俺ら見えへん。そしたら　照明係のおっちゃんが「ここへこい」ゆうてそばで見せてくれよった。ええ時代やったなあ。

草野球

助代さん

昭和40年ごろやったかなあ。天王寺公園で草野球やりよったんや。そしたら仕事にあぶれた日雇いのおっちゃんらが　よおけ見物に来よるねん。そのヤジがまたうるさいんや。エラーなんかしたら「こらーっ　なにさらしとんじゃ！」ゆうて本気で怒りよるねん。三振したら　別のおっちゃんが「しっかり打たんかえっワレーッ！」ゆうて　これも本気や。殴られるんか思たで。俺らより熱うなっとんねん。後でわかったけど　あのおっちゃんら俺らの野球に金賭けとったんや。

競艇《ボート》

渡辺さん

子どもの正月の服買う金持ってボート行きましてんがな。増やして帰ろ思て。今日は絶対に勝てる思いましてんがな。そやけどやっぱり負けて　素面《しらふ》では帰れまへんがな。焼酎飲んで酔っ払《ぱろ》うて帰りましてんけど　嬶《かかぁ》にどない言われるやろ思たら戸ォ開けられしまへん。ほんで　いっとき家の前で大声出して暴れて　ガラスたたき割って　嬶びびらし*といてから入りまんねん。

［注］＊びびらす＝おびえさす

後ろ姿

渡辺さん

「動物園へ遊びに連れて行ってくるわ」ゆうて子ども連れて出まんねんがな。ほんで競輪行きまんねん。信用無《の》うしとるから　そないでも言わな出してくれよらしまへん。「帰ってお母ちゃんにゆうたらあかんで。大きな象さん見たゆうねんで」ゆうて　おやつやって教えときまんねんけどな　帰って尋ねられたら「赤や黄色のきれいな帽子の人が　自転車で一生懸命走ってはった」て言いよりまんねん。その子だっか？　今二十八になってマ。賭け事？　一切しよりまへん。えらいもんだんなあ　子どもは親の後ろ姿見て育つ　言いまっけど　あれほんまでっせ。

給食係

鈴木さん

小学校五年生でした。ぼくの家は貧しかったんです。給食費も遅れがちでした。でもぼく　ええ恰好して　いくら自分の好きなものが出ても　自分より人の方を多く盛るようにしてました。ある日　大好物のイチゴジャムが出たんです。ぼく　ちょっとだけ　ほんの　ちょっとだけ　分かるかどうか　分からんぐらい多めに　ぼくの皿に盛ってしまったんです。と　その時です。「慎ちゃんがようけ入れた！」という声が上がったんです。しかもその声が　広がって　教室全体の声になって行ったんです。気がついたらぼく　教室から飛び出してました。それ以降　ぼくは　給食係をすることは　決してありませんでした。

馬

大沢さん

踏切のそばの柵にもたれて　電車がやって来るんを待ちよりました。今みたいに次つぎとはやって来んから　ジーッと待ちよりました。やがて向こうの方から大きなんが来ますねん。目の前をごっつい音させて遠ざかって行って。また　次のんを飽きずに待ちよりました。

阪急電車に就職しましたけど　すぐに運転士にさせてもらえるわけあらしまへん。改札係を二年して車掌。それから一年して　試験通ってやっと運転士になりましてん。そらうれしおましたでェ。ところが　いざなってみたら　子どものころ思てたんとはえらい違いですわ。そら当たり前ですな。仕事やもん。遊び半分でできるもんやないですわな。まして後ろにようけの人の命を預かってるんやから。

初めて乗客乗せて運転した時は　身体が震える思いしました。楽しいどころやない。

うん　ぼくは大きな事故には遭わなんだけど　人身事故はちょこちょこねえ……。あれは気持ちのええもんやなかったですなあ。

そうそう　一ぺん大きなもんと衝突したことがおました。馬。馬に衝突したことが。十三《じゅうそう》駅の近くやったけど　馬力引き*の馬が突然前から走って来よって。踏切から入って来たんやろけど　線路の中をバーッと走って来ましたんや。どんな悩みがあったか知らんけど　そらびっくりしましたで。まるで映画のアップシーンみたいで。直前に思い直したんやろか　横へ逃げようとしよったけど　間に合いまっかいな。気の毒なことしましたわ。

［注］＊馬力引き＝荷車を馬に引かせる人

白い飯

牛山さん

親父はホンマ仕事せんかった。いや　博打するわけやないんやけど　とにかく仕事が嫌いで　うちは村一番の貧乏やった。おふくろに「あの山売ってこい　あの畑売ってこい」ゆうて　親から引き継いだ財産　しまいにみんな無《の》うなってしもた。

俺が小学校五年終わるころに　夜逃げ同然で　親父の知り合いのとこへ行った。それが四国　四万十川近くの大野見村やった。行く前に親父言いよった。「今度行くとこは　おおのみ村や。酒がなんぼでも飲めるとこや」て。その頃は兄や姉はみんな就職してたから行ったんは俺と親父とおふくろの三人。親父は山仕事の手伝いを　おふくろは飯場の飯炊きしよった。大野見でもうちが一番貧乏やった。それでも　白い飯を食わしてもらえた。それが一番うれしかったなあ。あの頃のこと思たら　俺はどんなことでも耐えられるんや。

4

高度成長から消費時代へ

戦後の異様な時代から、高度経済成長を経て、世は消費時代へ。庶民の暮らしもある程度余裕が生まれ、多彩な生活を営む時代へ。

折り紙

東口さん

生きて生まれて来たん　一人だけやってん。千八百グラムの女の子。死んどったんは千七百グラムと十八グラム　みんな女やった。十八グラムの子は　マッチの軸みたいな足の骨あってなあ　この子が早よ死んでくれとったから　一人でも生きて生まれたらしい。よォ生まれてくれたと思う。その子と千七百グラムの子の顔が　よォ似とんねん。

お寺さん頼んでやってん。死んで産まれた子の葬式してやってん。二人並べてやろ思て柩は一つだけ。そやけど俺アホやから　旅立ちに着せてやる服も一着しか用意せんかったんや。気がついて　あわててもう一着買《こ》ォてきて　十八グラムの子にも着せてやった。着せるゆうても　くるんでやるだけやけどな。ほんま　折り紙の人形みたいな子やった。

その子のこと　医師《せんせ》はシヨウジ*て言いよんねん。カミのような子て書くんやて。そやから俺は神様児かと思たんや。神様の子やと思たんや。そやけどおかしい。それやったらシンヨウジになるはずやろ。ほんまは紙様児やねんて。

その子の命日が　生きて生まれた子の誕生日と一緒や。なんか複雑な気持ちやで。うれしいのか悲しいのかわからん　けったいな気持ちや。

［注］＊シヨウジ＝紙様児。双生児胎児の死亡した一方で、他方の胎児の成長によって子宮壁に押し潰されたもの（『ステッドマン医学大辞典』より）
この話では三つ子

「折り紙」の人

東口孝一さん

米穀卸会社の営業マンとして、わたしが米屋をしていたころからのお付き合い。趣味は釣り。海でも川でもどこへでも出かけて行くが、特にアユのシーズンになると、休日は家にいない。冬でも日焼けが抜けず、小柄だが元気そのもの。長年勤めた会社で定年を迎えたが、営業マンにしては口数が少ない。しかし話し出すと、トロトロと言葉が続き、巧まぬユーモアを交えて辺りの空気を和らげる。実に誠実で嫌みのない人だ。

ライトのポール　牛山さん

四方からワイヤーで引っ張りながら　根元をコンクリートで固めて　慎重に立てたんやけど　あとでトランシット*で見たら　上で10センチ以上も右へ傾いとった。新聞記者が見て「ちょっと傾いてるんと違いますか?」て言いよったけど「大丈夫。真っすぐです」で押し通した。球場へ行ったら　一ぺんよう見てみ。今でも傾いてるはずや。立ってしもたら　それが憲法ちゅうもんや。

[注]*トランシット=垂直を調べる器具。

指

牛山さん

電動ノコギリは皮手袋でやらなあかん。そやのにそいつ　横着して軍手のままでやりよって　巻き込まれて　指　四本落としてしまいよった。病院へ連れて行ってやったら　医者に　すぐに指を拾うて来い　言われて。現場へ戻って探して　三本だけは見つかったけど　どうしても小指だけが見つからん。そばにおった犬が気になったけどな。上手い医者やって　三本ともつながって動くようになりよった。そいつがこの頃　俺に偉そうにしよる。ゴルフ行った時　俺に教えよるんや。腹立つからゆうてやった。誰のお陰でゴルフ出来るようになった思とんねん。なんなら犬に全部食わしてやっても良かったんやぞ　て。そしたら　そいつ　言いよった。アホぬかせ。ほかの指はええから　小指だけは見つけてほしかったわ。㊆さんと間違えられて困るんや　て。

面会謝絶

牛山さん

血ィいっぱい吐いて　救急車で運ばれた時のことや。病院で気がついたら　看護師が「奥さんがまだ来られませんが」て。「連絡してあるのに」と。明くる日になってやっと来てくれたから　「なんで昨日来てくれなんだんや」て訊いたら　うちの嫁はん　なんてゆうたと思う?　「病室の入り口に〝面会謝絶〟て書いてあったんやもん、帰った」て言いよった。あいつ　俺のこと　なんやと思とんのやろ。

良薬

牛山さん

支払日が近づいてるのに　緊急入院してもて。会社どないなるんやろて思た。そしたら「この薬が一番よう効く」ゆうて　五百万円入りの封筒を見舞いに持って来てくれた人があったんや。「足らなんだらまたゆうてくれ」ゆうてな。この不景気に　自分も人工透析してる身で。ホンマ　あの薬はよう効いた。その社長には一生頭上がらん。

ＦＡＸ

牛山さん

仕事仲間の　小さな会社の社長。そいつの嫁はんが入院しとるんや。見舞いに行かなあかんけど　俺も忙しい。それにそいつは　嫁はんの留守をええことに　夜な夜な出歩いとる。うらやましいこっちゃ。俺　見てみい。ちょっと遅う帰ったら　こんなツノ生やして待ち構えとる。ほんで身体検査や。匂い　嗅ぎよるぞ。香水の匂いしとらんか思て　犬みたいに嗅ぎまくりよる。うっかり風呂にでも入って帰ったら　えらいこっちゃ。「石鹸の匂いが違う。どこで風呂入った?」て言いよる。そこで俺も考えた。教えて欲しいか?一時間ほどパチンコしてから帰るんや。匂いを消そ思たらあかん。

その社長が今朝　ＦＡＸしてきよった。なにかな?　と思たら　宝くじと当選発表の新聞記事や。なんにもコメントなしや。黙って見てみい　ちゅうわけや。三百万円当たっとるんや。朝から頭にくるから　俺もＦＡＸしてやった。お見舞いと書いた紙と　一万円札三枚。

牛山金之介さん

「ライトのポール」の人

町の建築会社の社長さん。

「ここでコーヒー飲むようになってから、うちの会社、いっこもええことないなあ」

朝いちばんにやってきていきなりこれである。

わたしも即座に返す。

「あんたが来るようになってからや、うちの店がひまになってしもたんは」

こんな会話がいくつか飛び交って、頭の準備体操をし、

「ここにおっても金にならん」と、サッと仕事に出かけて行く。

とにかくこの人の口の悪さは天下一品。家内の顔を見ると、「あれ、まだ飼《こ》うてたんか、ええかげんに山へ放したれよ」とケロリと言ってのける。初めて会った人にでも平気で毒舌を吐く。店に入ってきて、年配の人が多いのを見ると、「あれ、ここ養老院やったか」といった調子である。それでも彼を憎めない理由の一つは、彼が決して美男子ではないからだ。どこか俳優の西田敏行に似ている。彼

がハンサムならシャレにならない。それをまた彼も武器にして自分のキャラクターを確立しているようだ。

　ある日のこと。黒ずくめの服装でやって来たので「どなたの葬式?」と尋ねると、「嫁はんの」と予測した通りの答え。そこで、「それやったら白いネクタイやないと」と言うと。「うっ」と詰まってしまった。

　またある日のこと。

「俺、こんなことばっかりゆうてるから、行きつけの飲み屋で出入り禁止にされてもた」と浮かぬ顔。「犬と牛山さんは入店お断り」と張り紙されたという。さすが、彼が行きつけにする店である。

跡取り

角谷さん

大雨が続いて　近くの川が心配で見に行ったんや。そしたら　落ちた子どもが浮いたり沈んだりしとった。「だれか助けてーっ！」てゆう声が聞こえて　なんにも考える間ァなしに飛び込んで抱えた。そやけど摑まるとこ無《の》うて流されて　そのうち橋桁が近づいてくるし　見たら隙間あらへん。あわててその子抱えたまま　いったん水ン中へ潜って　我慢できるだけ我慢して　浮き上がったら　橋過ぎとった。そこへだれかがロープを投げてくれて　助かったんや。家に帰って親父に話したら　褒めてくれるどころか　えらい怒りよってからに。「お前は跡取りや。二度とそんなことするな！」て。貧乏人のくせにそんなこと言いよった。

グラウンド　角谷さん

選手とグラウンドがあったら　野球は楽しめる。余ってる選手を審判にして野球はできる。選手足らなんでも　工夫したら野球はできる。そやけどグラウンドなかったらできん。あの地震のとき　夜が明けてから俺は　単車で家を飛び出して　市内の全部のグラウンド見て回った。家壊れてメチャメチャになっとる道　難儀して見て回った。家帰ったら　嬶《かかぁ》が待っとって「あんた　どないやった?」て訊きよる。そやから俺は「どないもこないも使いもんにならん。今年はもうできん」ゆうたんや。そしたら嬶が不思議そうな顔しとる。俺が飛び出して行ったもんやから　てっきり娘や息子の家の様子を見に行ったと思てたらしい。

審判

角谷さん

野球の審判は　いっつも　誰にも　見られとらん。ほんまに見てもらえるんは　一試合に一ぺんか二へん。試合を左右する大事なとこで　アウトかセーフか　ストライクかボールか　誰にも分からんとき　当の選手も　ベンチも　観客も　だーれもが「どっちゃ！」と　固唾《かたず》をのむとき　みーんなの眼が　一人の審判に注がれて　グラウンドが静まり返りよるんや。このときや。見てもらえるんは。このときだけや。このときのために　暑い中長いこと立っとるんや。

球審

角谷さん

きわどい球を「ボール」ゆうたら　キャッチャーが不満そうに俺の顔を振り返りよることがある。そんな時　俺はそいつの頭つかんでグイッと前向かしたるんや。

あるチームの一番バッターやけど　こいつが生意気な奴で　いっつも偉そうにしとる。その日の第一打席や。外角のきわどい球を「ストライクアウト！」ゆうて三振にしたんや。そしたらそいつ　次のバッターとすれ違う時　「今日の球審　まだ眠っとる」て言いよった。照れ隠ししとるんや。俺　聞こえとったけど　二番バッターに「今あいつ何ゆうた？」て尋ねた。そしたら「いいえ　別に」て庇《かば》いよる。俺　ベンチまで行って　「何ゆうたんや？」て聞いたけど　答えよらん。そやから「たしかに　球審眠っとる　ゆうたな。覚えとくぞ」ゆうて試合進めた。次にそいつの打順が来た時　どんな球でもみなストライクゆうて三振にしてやった。その次には　相手のピッチャーも気づいて　ストライク投げよらへん。監督が抗議に来たから「あいつがバッターボックスに入ったら　俺　なんでかしらん　眠とうなるんや。みんなストライクに見えるんや。今日だけと違うぞ」てゆうてやった。

ネギ

角谷さん

うちの嚊　うるさいでェ。特に飯食うてる時。俺　そこら中に飯を撒《ま》き散らすんや。口いっぱいに詰め込んで食うから　あふれてしまうんや。そしたら　嚊が見とって「ほら落ちた　そこ。また落ちた　ほれ」て　いちいちうるさい。自分は飯食わんと　俺のこと監視しとるんや。

昔は　嚊とは絶対に買い物に行かなんだ。市場なんかとんでもない。それが　このごろ嚊が強うなって　スーパーについて行かされるんや。荷物持ちや。なんぼでも持たせよる。中でも　ネギが袋から出とるのが　俺にはかなん。そんなときに限って　向こうから　知った人が来よる。俺　知らん顔して　その場へ　ポイと捨てたるんや。嚊があわてて拾とる。

タクシー

角谷さん

話の合う　ええ運ちゃんやって　気分良ゥ乗せてくれたから　チップ渡そと思たんや。
二千五百円ぐらいの距離かな　思たから　三千円用意して。そしたら　えらい半端な金額
言いよって。二千五十円。それで三千円はナニやから　五百円玉があったら　二千五百円
渡そ思て　探した。けど　間ン悪ゥ　無かったんや。しょうがないから　二千百円渡して
「ちょっとで悪いなあ」ゆうたんや。一瞬の間に　ケチ臭い計算してた自分に　気分悪ゥ
なってしもた。

花

角谷さん

何しとろうが　表から人の声が聞こえてきたら　うちの嗅　いそいそ出て行きよる。表にいっぱい花育てとって「きれいですねえ」て褒めてもらえるんがうれして。そら　お世辞ゆうてくれるがな。中には「朝　ここの花見て行ったら　一日中気持ちよく働けます」てなこと言う人もおって　うちの嗅　調子に乗りよるんや。「なんで花見て　一日中気持ちええんや。そんなもん覚えとるかえ。お世辞に決まってるやないか」ゆうても「そんなことない。花好きな人が嘘ついたりしはらへん」て　子どもみたいなこと言いよる。俺は花　好かん。

雨

角谷さん

ガン検診でひっかかって　今度は精密検査やったんや。嗚に「今日　検査の結果が出るんや」ゆうたら「あっ　そう」てゆうただけや。ケガはしたことあっても　大っきい病気はしたことないから　全然心配しとらへん。「そのまま入院ていうこともあるんやぞ」ゆうたけど「大丈夫や」でしまいや。嗚　公民館へ民謡習いに行く日ィやって　そっちへ行く段取りしとる。そやけどやっぱり間際になって「ちょっと心配やから今日はやめとこ」て言いよった。まあ　検査の結果は大丈夫やったんやけど　家に帰ったら　嗚おらん。待っとる思たのにおらへん。「雨　大丈夫そうやったから　やっぱり行った」て。

電車

久斗さん

　子どものころから電車が好きでね　いっつも運転士の後ろに立ってました。前の景色見るんやなしに　運転士の操作を見てましてん。大きなったら運転士になりたい思うてました。そやけど　大きなるにしたがって運転士やなしに　電車を作りたいと思うようになりました。ほんで　山陽電鉄の車両部設計課に入ったんです。そやけど　人生思うようには行かんで　なかなか自分の責任での設計はさせてもらえませんでした。ただ最後に　生涯一度だけの設計をさせてもろて　その会社辞めました。それから何年かして　元の同僚が「お前の設計した電車がやっと完成して走ってるぞ」と教えてくれて　一人でそっと会いに行きました。

5

昭和から平成へ

時代はわたしと同世代、あるいはその下。正に昭和から平成にかけての庶民の暮らしがここにある。喫茶店のカウンター越しならではの本音の言葉が。涙なしには聞けない、あるいは腹の底からの笑い。日々、喫茶店で語られる普通の人の素の言葉がここに。庶民はしたたかですね。そしてやはり、かわいいもの、愛すべきものでもあります。

営業

下村さん

こないだ　会社休みの日でっせ。自分の車やから会社のマーク入ってまへんねん。そやのに酒屋さんの車とすれちごたら　思わず頭下げてますねん。家族で遊びに行った先の知らん酒屋さんやのに　反射的にペコリですわ。子どもが「知ってる人？」て聞きよって。あれにはちょっと困りましたなあ。それはまだええとして　昨日ですがな。会社から帰ってホッとしてくつろいだときに　目の前にスッとお茶が出てきよりましてな「あっ　どうも」ゆうて　頭下げてしもてからに。嫁はんにでっせ。営業ちゅう仕事は　長いことやるもんやおまへんな。

山の神

最所さん

一週間ほど朝帰りが続いたんでんがな。ほんならあんた　玄関に座っとりまんねんがな。身体冷とうして　ジーっと座って　わての帰るのん待っとりまんねんがな。うらめしそうな眼ェして　座敷わらしみたいに。そんなことされたらあんた　ちょっとの間　夜遊びできまへんで。いや　うちの山の神でんがな。え？　山の神でっか？　あれあんた　神さんの中で一番みっともない姿してるて聞いてまっせ。

おんな

最所さん

やっぱりおんなですなあ。いや　うちのんですがな。孫が三人も四人もいてるのに　おんなですわ。いいえェな　ゆうべ仕事終えて息子と帰ったら　家ん中暗《くろ》うて　なんや静かですねん。おかしいなあ思たら　奥で「動かれへん」ゆうて寝とりました。持病の腰痛ですわ。「救急車呼んでくれ」て言いますよってに　電話してやりました。ほんで息子が玄関まで背負うて出たんです。そしたらそこで「入れ歯忘れた」ゆうて　這《ほ》うて洗面所へ取りに戻りよりますねんがな。わてにも息子にも行かしよらしまへん。病院行くのに　痛いのん涙流してこらえて取りに行きよりましたわ。いやあ　おんなですなあ。

年齢

最所さん

救急車の中で　お歳は？　と訊かれたんで　六十歳て答えてやったんです。そしたら嫁はん　薄れる意識の中から「まだ五十九」て言いましてん。たしかに六十まであと二月《ふたつき》おました。そやのに　仏事は数えですよってに　葬式は六十一で出してしもうて。今から思たら　嘘ついてでも五十九で出してやったら良かったな　思てます。

見舞い

村中さん

中央病院へ見舞いに行ったんやけど　名前忘れてしもて　案内所で　こんな人や　て尋ねたんやけど　名前が分からなんだら分からん　ゆうて　病室教えよらんのや。「おっさん　頼りないのォ　なんのためにおるんや。看護師に訊くからもうええ」ゆうて　詰所へ行って　こんな顔した　こんな声の人や　ゆうたけど　やっぱり分からんで「腹の中の石パーンと割りにきた人の名前　順番にゆうてくれ」ゆうて　帳面見てもろたら　五、六番目に「角谷さん」ゆうたから「それや」ゆうて思い出したんやがな。同じ病気で　ようけ入院しとるのォ。

思い込み

村中さん

コーヒー飲んどるんが見えたから　知らん間にええ喫茶店が出来とるな思たんやがな。俺のトレーラーでも置ける広い駐車場もあったしな。「コーヒーくれや」ゆうて座ったら女の子が出してくれたがな。大きな顔して新聞読みよったら「どちら様でしょうか？」て言いよるんや。「なんで喫茶店で名乗らなあかんのや」ゆうたら「ここは喫茶店と違います」て。建築会社の事務所やったんや。このごろの事務所はきれいすぎてわけわからんわ。

あおり

村中さん

トレーラーで有料道路を走りよったんや。そしたら後ろからあおりよるんや。ええ車や。追い越ささんと出口まで来て　俺　料金所の係員にゆうてやった。「金は後ろの社長にもろてくれ」て。そのまま　サーッと出て　次の交差点で信号待ちしよったら　その車が追いついて来て　兄ちゃんが降りて来よった。えらい文句言いよるから「お前　払《はろ》てくれたんか」て訊いたら「いいや」て言いよる。「それやったら文句ゆうな」てゆうてやった。

検査着

村中さん

直腸がんの検査でな　素っ裸になって検査服に着替えさせられたんや。ほんでトイレに行きたなったから　廊下歩いとったら　看護師があわてて飛んで来よった。俺　分からんから　前《まえ》後ろ反対に着とったんや。血相変えた看護師に部屋へ連れ込まれて　こっぴどく怒られたがな。俺はまた　小便しやすいように前が開けてあるんやと思てたんや。

村中一二さん

「思い込み」の人

喫茶店にはそこの主《あるじ》に合った客がつくという。しかしこれは、わたしの店には当てはまらないと思うのだ。

うちのカウンター席には野性味あふれる人が座ることが多い。ズラリと個性的な顔が並ぶ。動物にたとえれば、トラ、クマ、ライオン、ゴリラなど。それに対してわたしは、ごくごく普通のマスターだと思っている。

その中でもこの人は黒ヒョウかもしれない。

長距離トレーラーの運転手。自分の所有するトレーラーで、得意先を持ち、一匹狼のような存在。

彼が常連になったのは、わたしの店がオープンして間もないころ。家内と「えらい客がついてしもたな」と話したものだった。色黒で、丸刈り頭の精悍《せいかん》な顔つき。いかにもゴンタ顔である。それが同じような仲間と毎日のようにやってきて、大声で話すのである。あたりのことをまったく気にする気配はない。てっきりその筋の人だと思っていたが、なじみになってみると、結構面白いのである。ヤンチャの子どもがそのまま大人になったような人であった。

ケンカは滅法強い。「ヤクザがなんじゃい」とだれにでも平気だ。一人でトレーラーを走らせているので武勇伝には事欠かない。そのくせ涙もろく、まるで森の石松のような人である。

ほかの常連さんにも人気抜群で、長距離仕事に出かけて、しばらく顔を見せないと誰もが「村中さんは?」と気にする。みんな彼の話が聞きたいのだ。

ところがある日、あっけなく逝ってしまった。長距離の仕事先で心臓発作を起こしたのだ。この仕事から帰ったら、検査入院すると言っていた、その仕事先で。

彼のコーヒーチケットがまだ残っているが、もしも来てくれた時のために捨ててはいない。

酔い（船長さんの話）

篠原さん

酔っぱらいちゅうのは不思議だねえ。船から見よったら　あっちフラフラー　こっちフラフラーしながら帰ってきよんだけど　夜中に帰ってきて　よう分かるんだねえ。同じような船がいっぱい並んどるのに。自分の船のアユミ*の前にくると　フラフラしよったんがピターっと止まるんだね。もしかしたら　早《は》ようから酔いは醒めとったかもしれんけどねえ。十メートルばかりのアユミを電気のスイッチ入れたみたいに　シャキッとして渡ってきよるからねえ。見とったら面白いですよ。まあ　ぼくも若いころはよう飲んだけどねえ。

［注］＊アユミ＝岸壁と船とを繋ぐ粗末な橋。

段ボール色

助代さん

よう世話してやって　立派になった思たから　テツを品評会に出してやってん。当然上位の賞を取る思てたのに　ケツから二番目やった。びびって震えてどうにもならん奴に勝っただけやった。あとで聞いたら　段ボール色の秋田犬は値打ちないんやて。テツのこと段ボール色て言いよんねん。

テツ

助代さん

俺のテツ　治らん病気になってしもて　あんまり可哀そうやから　安楽死させてやってん。俺の腕の中で　ゆっくり目ェ閉じて　安心して死んでいきよった。ほんまにあいつは　俺が飼《こ》うた犬の中では　いっちゃん根性あった。犬のくせに拗《す》ねよった。強う叱ったら　庭の隅っこへ行って　あっち向いたまま　いつまでも置物みたいに動きよらへん。エサやっても　見向きもしよらへん。しばらくして「悪かったなあ」ゆうて抱いてやったらやっと機嫌直しよった。段ボール色の秋田犬は値打ちない言われて　品評会で負けた時も俺は可哀そうに思たけど　テツは　そんなもん関係ないゆうて　知らん顔しとった。堂々としとった。

亮介

若松さん

俺の息子　卒業式の五日前に死んだんよ。なんで俺みたいなもんにあんな子がおったんやろ。今でも不思議な気がするんよ。

亮介ゆうんやけど　一歳のとき　初めて手術したんよ　心臓の。そやけど　治らん言われた。五歳のときにも手術して　その間に頭も。病院の付き添いは　母親よりも俺にきてくれゆうんよ。なんかしらん　俺と気が合う子やったから。別になにしてやるわけでもないのに　そばにおるだけで喜んで。そやけど辛《つろ》うて見とれんやった。点滴の痕《あと》やらが痛々しいて。生まれたときからそんなんやったから　本人はそれが普通やったんやろね。痛い辛い　苦しい　ゆうことは一言も言わんやった。かえって親の俺に気ィ遣《つこ》うて「お父さんしんどかったら外へ行っててもええよ」てゆうたりするんよ。あるとき　添い寝してやってたら　俺が寝返りして　点滴の針を抜いてしもうとったんよ。そやけど怒らんやった。

まわりのもんに気ィ遣うて気ィ遣うて。

赤ん坊のころは電車に乗せるんが嫌やった。すぐに他人《ひと》が「どこか悪いのでは？」ゆうて話しかけてくるんよ。その人にしたら親切やろけど　俺らにしたらいっつもやから　説明するんが嫌で。

学校へ行くようになってからも　いじめられよったらしいんよ。身体は弱いし　顔色は悪いし　爪も真っ黒で　形も変やったし。そやけど一言も泣きごと言わんやった。中学校行くようになってからは　いっつも悪いのんと仲良しになりよった。ケンカの強いのんと仲良うなりよった。自分は悪いことせんのやけど　なにかのときには一緒に怒られよった。それがあの子の知恵やった思うんよ。一番強いのんと仲良うなっとったら他の悪い奴にいじめられんから。自分を守る知恵やったんよ。

あの子が小学校二年のときに　俺ら離婚したんやけど　いや　俺が悪かったんよ。嫁はん泣かすようなことばっかりしよったから　俺が悪かったんよ。親族会議で　みんなから俺が責められとるんを見て　それまで黙っとった亮介が「お父さん悪うない！」て急に大声でゆうてくれたんよ。俺　涙出たよ。結局離婚して　弟の方は母親について行ったんや

けど　亮介は「お父さんがいい」ゆうて俺についてきたんよ。そやけど　学校の送り迎えがあるから　昼間の仕事はできんごとなって　夜の仕事に出たんよ。ある日　いつもより遅うなって　帰ってももう寝とる思うたから　マージャン誘われて　朝帰ったんよ。そしたら待っとったんよ。玄関とこで　人形みたいに座って待っとったんよ。それからは　なんぼ遅うなっても　夜帰ってやるようにしたんやけど　俺に迷惑がかかる思うたんやろ結局「お母さんとこ行く」ゆうて母親の方に引き取られて行ってしもうたんよ。それからも　よう会いに行ったんやけど　喜んでくれて。おじいさんやおばあさんからもろうた小遣いを貯めとって「お父さん　あげる」ゆうてくれるんよ。俺が金持っとらんと思うて。

中学校の修学旅行には　俺がついて行ってやった。「お父さんが行ってくれたら行く」ゆうもんやから。バスから降りて見学のときは負ぶってやって。そやけどそのころ　俺も体が弱っとって　九州に鵜戸《うど》神宮てあるんやけど　そこは坂があって　長い石段もあるんよ。俺がしんどそうやったから　自分で歩く　ゆうて行きかけたんやけど　見よったら二段ほど上がったとこで　もう息が切れて休みよるんよ。見とれんやったから元気出して負ぶってやったんよ。喜んで喜んでしてくれて。あの背中の感触が　今でも忘れられん。なんで俺みたいなもんに　あんな子がおったんやろ。ほんま　不思議な気がするんよ。

カラス

坂口さん

そうだんがな。一夫が拾てきたカラスだんがな。怪我して死にかけてたんを育てよりましてな。へえ　カー君て言いますねん。それが　あの子が死んでからこっち　よう喋りますねんがな。「カズオー　カズオー」言いますねん。ほんなら嫁が「お義母さんがいっつもカズオカズオて言わはるから　カー君が覚えてしまいますねん。わたし悲しなる」て言いますねん。そやけど　わては仏さんに向《む》こて　呼ばんとおられしまへんがな。「カズオコーヒーやで　熱いから火傷《やけど》せんようにゆっくり飲みや」ゆうて。ほんで覚えてしまいよったんですわ。そやけど　ほかの言葉も喋りよりまっせ。「マイド　コンニチハ」言いよりますねん。

楽しみ

坂口さん

そらもう　病院のご飯は　水くそうて水くそうて食べられたもんやおまへん。心臓と腎臓で入院してましたよってになあ。人間の食べるようなもん食べさせてくれますかいな。そやから売店でカップラーメン買《こ》うて食べましてん。あないなもんがうもましたでえ。ほんならあんた　検査でキッチリ出よりましてな。看護師さんが「なにか変わったもん食べたでしょ」ゆうて怒りよりますねん。それでまた退院が一週間延びましてん。へえ　タバコも止められてましてんけどな　これもなかなか守られいで。夜やったら見つからん思て就寝前に喫煙所で吸いよりました。そやけどわては　この通り　眼が見えまへんやろ。ある晩「おばあちゃん　タバコおいしいか？」て。びっくりして「どなたはんですかいな？」て尋ねたら　わての主治医の先生でした。病院におる間に四回も見つかりましてん。ほんで家に帰ってきたらあんた　嫁が　漬物やら醤油やら塩気のもん　みーんなどっかへ隠してしもうてからに。いつ死んでもええとは思てますねんけどな　先に逝った息子が呼びに

きてくれるまでは　うまいもん食べて暮らしとおまんなあ。目ェ見えへんから　それだけが楽しみだすわ。

水中メガネ

高井さん

障害が重すぎて　散髪屋さんには連れて行かれへんから　わたしが切ってやるんやけどものすごう嫌がるんよ。目ェ瞑《つむ》るんが嫌なんよ。見えへんのが不安なんよ。そやけど　目ェ開けてたら髪の毛入るし　困ってねえ　ほんで水中メガネ思いついたんよ。そやからこの子は　水中メガネ出してきたら散髪やと思てるの。

背くらべ

高井さん

あれ　こんなとこまで足が　と思って並んで寝転んでみたんよ。そしたら　わたしより背ェ高《た》こなってしもてるんよ。普段はたいてい　座ってるか車椅子やから　分からんかったんよ。そやから知らん間に　わたしが家ん中でいっちゃん小《ち》っちょなっとったんよ。この子と背くらべなんか　一回もしたことなかったからねえ。

手話

高井さん

ちょっと聞いてェ。めっちゃ腹立ってねえ。この前から手話の勉強に行ってるてゆうてたでしょ。今日　身体障害者のこと習ったんやけど　どう表現すると思う？　自分の手で自分の手を切るみたいなマネするんよ。手を刀にして　パッパッて。それから　こともあろうに　割り箸をへし折るような格好するんよ。役に立たんていわれてるみたいやん。

それから　もっと腹立ったことがあってん。手話習ってる仲間とバイクに乗ったまま歩道で喋っててん。手話でね。そしたらそこへお巡りさんがやって来てね　わたしを見て片足をトントンと踏み鳴らすの。そして　両手でバツ印するんよ。歩道でバイクに乗ったらあかんていうつもりでね。その動作が　いかにも人を見下げた感じがして　腹が立ってね。わたしにというより　聾啞者に対しての侮辱でしょ。「あんた　なにしてんのん？」てゆうてやってん。そのお巡り「なんや　話せるんか」てびっくりして　今度は怒りだしてね。バカにされたように感じたらしくて　ケンカになってん。そうなったらわたし負けてないやん。立て板に水　壊れたブレーキ　止まらへん。「謝りなさい。侮辱やわ。わたしはこうして喋れるから抗議できるけど　これが聾啞者やったら悲しいよ。聾啞者に謝るつもりで　わたしに謝りなさい」て　さんざん叱ってやってん。

［注］＊「手で手を切る」などは彼女の誤解。「障害」を表す手話には、内に向けた左掌に、右手を突き当てる動作があるが、彼女には切るように見えたということか。

悪友

原さん

マスター　ちょっと聞いて。この人　ほんまひどいんや。こないだ　休みの日ィ　一緒にパチンコ行ったんですわ。この人　負けてスッカラカンになって　奥さんに電話して軍資金持って来させはりますねん。ぼく　久しぶりに奥さんに会《お》うたから　挨拶しましてん。ほんで　奥さんが帰らはった後ですわ。この人　うちの嫁はん歳いったやろ　て言わはるから　いやそんなことない　てゆうたんです。あんまり変わってはらへん　て。そやのに　いや　遠慮せんでええ　ほんまのことゆうたらええ　て　しつこいんですわ。ぼくしまいに面倒くさくなって　誰かてちょっとぐらい歳いきまっせ　てゆうたんです。そしたら　帰って　奥さんにゆうてはるんですわ。原さんがお前のこと　歳いった　ゆうてたぞ　て。ムチャクチャでっせ。

猫

中林さん

俺　営業しとるやろ。昼間はお客さん相手にしゃべるばっかりや。そやから　家に帰った時ぐらい　静かにしときたいんや。ところがや　疲れ果てて帰っとるのに　うちの嫁はん　うるさいんや。俺が帰るん待ちかねて　子どものことやら　近所のこと　親せきのこと　しまいにテレビで見た話までしよるんや。ほんで　ゆうべや。いつもやったら辛抱して聞いたるんやけど　俺　ホンマ　疲れてたんや。そやから　丁度そばにおった猫に「おい　お前　ちょっと相手になったれ」ゆうて　ポーンと嫁はんの方へ抛《ほ》ったんや。そしたら　トラ　思い切り嫌な顔しよった。「なんで俺があんたの代わりに相手せなあかんねん」ゆう目ェで　俺の顔　ジローッと見よった。

心配

中林さん

マンションの下で　毎晩夜中までうるさいんや。暴走族のたまり場になっとんねん。その夜も五、六人で騒ぎよった。寝られへんからアッタマ来てもて。そやけど俺も昔ほどの元気はもうないし　一人で行くんはちょっと怖いから　息子の部屋ノックしたんや。そしたら「お父《と》ん　行くか！」ゆうて　あっという間に　飛び出して行きよった。あいつも頭来とったんやろ。息子が「コラッ！」て叫んだとたん　中の一人が「ヤバイッ！」ゆうて　蜘蛛の子散らすように逃げて行きよった。息子の顔見て　脅えよった。そいつら　息子のこと　知っとったんや。それから姿見せんようになって　近所の人に喜ばれた。そやけど俺　心配やねん。息子　俺とおんなじ性格しとるんや。俺の若い時そっくりや。ホンマ俺心配やねん。

レスリング

原さん

昨日はちょっと暴れてしもた。パチンコしとったんや。ほんなら　隣に座った男が　変に体を寄せて来よって。それで「気色悪いなあ」てゆうたんや。そしたら　その熊みたいな顔した男が　ジローッと俺の顔を見ただけで無視しよった。そやから「ここが境界線やからな　こっちへ入らんとってくれるか」て　俺　静かにゆうたんや。そしたら「外へ出ェ！」て立ち上がるから「ほな行きまひょか」ゆうて出て行った。ほんで　出た思たらいきなり殴りかかって来よった。ちょっとびっくりしたけど　クチャクチャと紙を丸めるみたいに抑え込んで締め上げてやった。俺はケンカなんかしとうはない。しとうはないんやけど　それほど嫌いでもないから　売られたら買わしてもらう。結果は相手が謝りながら「なんでこないなったんやろ」て不思議がりよる。そいつも腕には自信があったらしいんやけどな。

俺か？　俺は九州で生まれた。親父の顔は知らん。俺が赤ん坊の時に家を出て行ったまま帰って来んかったとゆうことや。母親もどっかへ行ってしもて　俺は親父の兄　伯父キの家に引き取られたんや。要するに　親から棄てられたんやな。

伯父キはきつかったでェ。俺はゴンタやったから　しょっちゅう殴られよった。そやけど母親代わりの伯母さんは優しかったなあ。実の母親には　小学校三年の時に一度会《お》うた。どっかの駅で会わされたんや。お母さんやて言われたけど　俺は全然その気にならへん。全く他人としか思えんかった。それで俺はすぐにその場を逃げ出したんや。5分もおらんかったと思う。

中学三年の時に　伯父キに言われた。「もうそろそろここから出てお母さんと住んだらどうや」と。びっくりした俺は「高校には行かせてもらわんでええから　ここに置いといてほしい」と頼んだ。そやけど「母親と一緒に住むのが今後のお前のためにもええ」と。まあ他にも理由はあったんかも知れんけど　しぶしぶ俺は実の母親と住むことになってしもた。

俺がグレずにすんだんは　レスリングやなあ。高校でレスリングに熱中したんや。空手をやりたかったけど　その高校には無かった。どっちにしても格闘技をやりたかったからレスリングでもええかと。それがおもしろなって。アメリカの高校生選抜チームとの対抗戦にも出場して　俺一人フォール勝ちしたことがあるし　インターハイで四位になったこともある。その時は惜しかったなあ。これに勝ったら三位以上が確定という試合で　審判のミスで負けにされたんや。俺はグレコローマンスタイル（下半身を使えない）やったんやけど　相手を完全に抱え上げて　後はフォール勝ちという時に　そいつが足を思いっきりバタバタさせよって　それが俺の足にからんで倒れてしもたんや。グレコは足使《つこ》たら反則やから　その時点で俺の勝ちや。そやけど審判が見落としよった。世の中　なんぼ真面目に清く正しくやっとっても報われるとは限らんからなあ。まあ相手にすれば　最後まで諦めずに頑張ったらエエことがあるということやけどな。そやけど俺は　後になって思た。あの時　勝たんで良かったと。もし優勝でもしとったら　誘われてた大学に行きたくなったかも知れん。それは俺には耐えられんことやから。今　こないして　たまに売られたケンカを買《こ》うてるんが　俺には似合《にお》うてるんやな。

原明さん

「レスリング」の人

　常連さんは、扉を開けて入ってこられる様子で、だいたい誰かが分かってしまう。

　バサーッと勢いよく開けて、細身の体をしなやかに滑り込ませるように入ってくるのは営業マンの原さん。店内を見回すふりをして、

「中林さん来てない？」

すぐ目の前にいる中林さんを無視しての言葉である。

「あれ、いてはりましたんか。全然気がつかんかった」

お互い、承知の上での挨拶代わりの吉本コメディーである。

　40代の働き盛りの営業マン。昼食時、ここで仲間と落ち合ってコーヒーを飲んでしばらくくつろぐ。それが日課。

　スポーツ紙に目を通し、一喜一憂し、週刊誌で情報を入手し、写真誌を見せ合って歓声を上げている。静かになったなと思ったら、ケータイ遊びに夢中だ。午前中の商戦のストレスを解消しているのだろう。わずかの時間を、まるで子ども

のように楽しんでいる。
やがて、意を決したように「さあっ」の掛け声とともに午後の商戦に出かけて行く。

ブッチャケ

幸美さん

学校サボって家におったらキミ婆《ばあ》(祖母)が「学校は?」て聞くから「今、工事中」とか言って誤魔化したりしてた。そやから　学校から毎日入る電話にキミ婆が出ないように鳴ったらあわててわたしが取るようにしてた。そやけどそのうち　面倒くさくなって　非通知にしてやってん。ほんなら先生　お父《と》んの職場にかけよって　ややこしなって。先生に「お願いやからお父んの職場にはかけんとって」て頼んだり大変やった。お父んにはよォ言われた。「親の顔をつぶすな。やっぱり母親のない子は　と言われる。俺は職場で端っこの方を歩いてる」て。

高二の時　お父んに「お父んが死んで　お母さんに生きててほしかった」て　ゆうてしもてん。ゆうてから　ヤッバー思たけど　その時はすぐに謝れんかった。それがずーっと胸の奥に残ってて気になってててんけど　こっちに出てくる前に「あの時はごめんな」てやっと謝ってん。そしたら　お父んも覚えとって「あれは辛かった」てゆうから「そやけど　お父んも　ブッチャケ悪かったよな」て　またゆうてしもた。

いよいよ出てくる時に　キミ婆と　お父んに手紙を書いた。口でゆうたら　ついため口になってしまうから。いっつも反抗的なことゆうてたけど　ほんまは「ありがとう」て思ててんで　て。ほんで　直接よう手渡さんから　後で読んでくれるように置いて出て来てん。そしたら　こっちに来てから電話がかかってきて　キミ婆は「お金を置いて行ってくれたと思た」てゆうねん。そやけど泣いとった。ほんでお父んは「遺書やと思た」て。これも　泣き声やった。

バスガイド

幸美さん

広いサービスエリアで　お客さんに「同じ模様のバスがたくさん停まってますから間違えないでくださいねェ。入口に立ってますから　わたしのこの顔　覚えておいてくださいよ」て言って　わたしも急いでトイレ行って　帰ってきて　車内の温度がえらい高いからドライバーさんに「暑いですねえ」とか言いながら　エアコン操作してたら「キミ　ほんまに気づいてないの?」て言われて。わたしがバス間違えててん。

前田幸美さん

「ブッチャケ」の人

奥二重の切れ長、鋭い目でカウンター越しにわたしをハタと睨《にら》み据える。負けてならじとこちらも睨み返す。どちらが先に目を逸らすかまるでにらめっこ。しかし頬をふくらませた彼女の顔に敵意の表情は全くなく、やがて笑顔に。前歯が少し出ていてかわいいのである。

鹿児島県出身。身長168センチ。スレンダーなプロポーション。髪を染めてはいるが、それほどケバくはなく、色が白くて透明感のある子。

睨まれたのは、彼女曰く、「ア・ハッピービューティフル、幸美」を私が間違えて、ミユキと呼んでしまったから。

職業、バスガイド。私の店には珍しい、若い娘さんだ。

「よくしゃべる、よく笑う、よく食べる、よく飲む、よく寝る、そしてよくしゃべる。これユキミの健康法」と言ってのけながら、本当によくしゃべる。ヤッベー、ブチギレ、マッジ、ブッチャケ、スッゲ、ムカツクなどなど、若者言葉を随所に織り込みながらのマシンガントーク。見事なものである。わたしはあっけにとられて、笑っているばかり。

しかし、面白いだけの子ではない。時には身の上話を明るくしてくれるのだ。今後この子にどんな人生が待ち受けているのだろうか。しかし彼女は、その持ち前の明るさとパワーできっと乗り越えて、自分の道を切り開いて行くに違いない。幸美の未来に幸あれ。

将棋クラブ

出石さん

小学校の将棋クラブの指導　今日が最終回でした。終わりに　一人ずつぼくへの感謝の言葉を言ってくれました。けど　一人だけ　どうしても言葉が出て来ん子がおって。日頃も声を出せない　自己表現が出来ない子でした。色白の　もやしのような。けど　なにか印象に残る子で。今日もみんなの前ではとても挨拶なんかできず　しばらく待ったんですけど　やっぱりうつむいたままで。「それじゃあ　わたしから」と言って　ぼくが挨拶して終わりにしたんです。そして　コート着て　帰ろうとしてたら　彼がそばへやって来ていて　ぼくの顔　見上げてるんです。「どうした?」て訊くと　みんなからちょっと離れた所まで引っ張って行って　小っちゃい声で「一年間　いろいろ教えてくれてありがとう」て言ったんです。

ケータイ

小島さん

これ　家内が死ぬまで持ってたケータイやねん。自分のは処分して　今これ使《つ》こてるねん。ケータイに入ってる写真　家内の自撮りらしいんやけど　ほれ　笑《わろ》てるやろ。そやけど　これ　しんどいのん我慢して撮ったらしい。

これ　メールがいっぱい入ってるねん。家内が自分に宛てたメールがいっぱい。それぼく　死んでから知ってん。死ぬ一年ぐらい前から　こんなことしとったんや。それがみんな　イタイイタイとか　タスケテタスケテとか　辛い言葉ばっかり。そんなんして一人で我慢してたらしい。ぼくには言わんかったんや。ゆうても仕方ないと思てたんやろ。

ホンマは　前には　ゆうててん。そやけど　ぼくも一生懸命看病して　出来ることは精一杯してるのに　あんまり無理ゆうもんやから　いっぺんだけ　つい怒鳴ってしもた。そしたら　それから一切言わんようになってしもた。

辛そうなんはわかるから　なんか言葉をかけてやりたいんやけど　ぼく　ええ言葉が見つからんのや。なにゆうても　ウソになるような気ィがして。結局　なんにも言葉がかけられんかった。死ぬまでちゃんと話されんかったんや。

あんなに呆気《あっけ》なく死ぬとは　自分でも思てなかったんやろ。前の日には　自分でトイレも行ってたし。死ぬ日の朝　えらい痛そうやったから　医師に頼んでちょっと強い薬を使こてもろた。そしたらすぐに昏睡状態になってしもて　その日のうちに息引き取ってしもた。

最後のメールは　尻切れトンボみたいやった。ぼくへのメッセージもなかった。だけど家内が最後まで持ってたもんやから……。

財布

福山さん

財布　家に忘れて来ましたんや。途中で気がついて　あわてて取りに戻りましてん。それで遅刻しましたんや。いや別に一日ぐらいは　金無《の》うてもどないなとなりまっけどな中を嫁はんに見られたらあきまへんねん。いつもは三万円以上持たんことになってます。そやけど今日は　ようけ入れてたんですわ。競馬で儲《もう》けた金です。

博打はやらん約束になってますねん。半年ほど前に　これは絶対に勝てると思たレースがあったんですわ。ハイ　それまでも競馬はせん約束やったんです。そやから　取引先の結婚式に行くゆうて　嫁はんに祝儀用意させて　礼服着て行きましてん。デパートで偽の引き出物まで作らせて持って帰りました。完全犯罪のつもりやったけど　二、三日したらバレてしもとってからに。競馬場で近所の人に見られてたんですわ。礼服が目立って　嫁はんに話しよったんです。その時も　ようけ負けたもんやから「もう二度とやりません」て誓約書を書かされてしもたんです。そやから今日　財布の中見られたら　エライことでしてん。会社より先に　嫁はんにリストラされるとこですわ。

「財布」の人

福山太一さん

「帰りまへんで、燃えてまんねん」

ゴホンゴホンと苦しそうな咳をしている。大きな体で存在感のある人である。食品メーカーの業務用専門営業マン。昔、トリスウイスキーのアニメコマーシャルに登場していたキャラクターに似ている。

以前は派手な色のスーツに光り物を身に着け、サラリーマンとしてはかなり目立っていた。それが最近はおとなし目である。

「なるべく目立たんようにしてますねん。このところ、うちの会社もえらいリストラで、何かあったら、すぐ肩叩かれますよってにな。小《ち》っそなってますんや」

で、先の「帰りまへんで、燃えてまんねん」という言葉だが、あとから入ってきた同僚に「えらいしんどそうやないか。熱あるんちゃうか。今日は帰ったらどうや」と言われた言葉への返事である。

サラリーマンには厳しい時代である。家庭よりも仕事、健康よりも仕事。そんな時代である。ところが、続けて彼から出た言葉が、「みんなに感染《うつ》してからやないと帰りまへん」

さすがに営業さんである。この冗句でその場の空気が和らぐ、かと思ったのだが、そうではなかった。一応は笑声が起こるのだが、一筋ヒヤリとした空気が流れたのだ。ユーモアがユーモアにならず、ブラックになってしまったのである。辛いことである。

親父の女

福山さん

困ってますねん。うちの親父です。心臓手術したのに元気すぎるんですわ。もう82歳になってますねん。二回目の手術やったんですけどね　病院に提出する書類がたくさんあって　医者に文句たらたらですわ。承諾書出すとき「こんなもん書かせて　また俺をモルモットにするんやろ」て。これから手術してもらう医師にケンカ売りよるんです。手術は無事に済んだんですけど　今度は担当の看護師が気に入らんから替えてくれ　ゆうんですわ。それは規則で出来ませんん言われても「指名料払《はろ》たら文句ないやろ」て。キャバレーとおんなじように思てるんです。ほんま　困った親父ですわ。

今は退院して一人暮らししてるんですけど　この前行ったら　テーブルクロスの下に写真を忍ばしとって。いろんなとこで写した　女と一緒の写真が並べてあるんです。「親父これなんやねん！」ゆうたら　「俺に親切にしてくれるんや。病院にもついて行ってくれるし　買い物にもついて来てくれる。エエ人や」てゆうんですわ。そして　写真を大事そうに片付けながら「悪いけど　十万円ほど貸してくれへんか」て。「その女に使うんか！」て怒鳴ろかと思たけど　あの親父は　ぼくら兄弟を　一人で育ててくれたんです。だけど生活は派手やったし　気前は良かったし　外で結構遊んでたから金は残してないんです。国民年金だけではねえ。今度の手術代もぼくが出してやったんです。そやけど腹立ってね。「絶対に返してよ」ゆうて　うちの嫁はんには内緒で貸したけど　返せるわけないんです。なんで82歳になる親父の女遊びの金の工面せなあかんのやろ。

恥

福山さん

出先で　昼にざるそばが食いとうて　券売機で買《こ》うた券を女の子に渡したんや。そしたら　出て来たんが山菜そばやがな。腹減っとるから　気ィ短こなっとって「俺　こんなもん注文しとらん。早《は》よざるそば持ってこい」て大きな声で怒ったんや。ほんなら　女の子テーブルの上の半券を取って確かめて　勝ち誇ったように俺に見せよるんや。見たら　山菜そばて書いてあったんや。俺がボタン押し間違《ちご》とったんや。カッコつくかいな。ほんで「俺は今日　ざるそばが食いたい。もう一ぺん買う」ゆうたんや。そしたら「お代はけっこうです。取り替えます」て言いよる。俺　大っきい声で啖呵《たんか》切ったのに　そんなことされたら　二重に負けやがな。「いや　金は払う。そやからその山菜そば　頼むから俺の見てる前で捨ててくれ」ゆうたんや。ほんま　今日は恥かいたで。

刺身

福山さん

その店はええ得意先やから　気ィ使うんや。昨夜《ゆうべ》も行ったら「今日はええ魚入ってまっせ」ゆうて次々出してくれる。自慢そうに出してくれるから　嫌いなもんでも　気ィ使《つこ》うて食わなあかん。そやけど俺　基本的に刺身は嫌いで　食えるんは　タイとヒラメとタコ、イカぐらい。ほかのもんが出てきたらアウトや。そやけど主人が誇らしそうに出してくれる物　食わんわけにいかんがな。それ分かっとったから昨夜は　カバンの中に予《あらかじ》めビニール袋を口開けて入れといたんや。嫌いな魚が出たら　分からんように　そっとその中に放り込むんや。ところが　帰りの電車の中で　えらいこっちゃがな。網棚に置いたカバンから汁が垂れて　下に座ってる人にかかってしもたんや。クリーニング代渡して　平謝りやった。次は　ビニールの口しっかり閉めとかなあかん　思た。

平成

清水さん

年の暮れに飲みに出て　家に帰ったら　後に首相にならはった小渕という人が「平成」と書いた大きな紙を持ってテレビに映ってはった。知らん間に時代が変わってました。あのころ　うちの子はぼくのこと　えらい働き者やと思てましてん。いつも仕事ばっかりでほとんど家におらへん。正月でも仕事してるとばっかり思てましてん。偉い父ちゃんやなと。虹色の泡が消えてからは　おとなしなって　今ではもう　休みの日は孫の遊び相手してます。夏はトンボやセミやカブトムシ捕りに連れて行ったり。そやけど　この子が大きなったらまた　一緒に夜の昆虫採集にも行ってみたいなと　思わんこともないけどね。

障害者手帳

清水さん

いや　大したことなかったですよ。手術中の九時間は　これまで経験したことのない平和な心休まる時間でした。ＩＣＵでは最新式８００万円のベッドに寝させてもろて　これは色んな機能がついてて豪華なもんでした。看護師さんもみな美人で優しくて　まるで竜宮城。マスターもいっぺん心臓手術を経験してみたら？　障害者手帳もらえて　いろいろと有利なこともあるしね。第一　薬が安い。今日も　６９３錠で６００円でした。中学生の生徒手帳みたいなチャチなもんやけど　これがあったら何でも安いんです。うちの嫁さんは　乳がんで手術したんですけど　それでは手帳もらわれへんのです。先に心臓手術しといたら　治療費が安かったのにね。これは嫁さんには言えませんけど。

ハーレー

柳原さん

なにゆうてるのん。あの人　外面《そとづら》ばっかり良うて　うちでは　ちょっと気に入らんことあったら　テーブルひっ繰り返すわ　お茶碗投げるわ　そらひどかったんやから。家の中におられへんから逃げ出すんやけど　そんな時はうち　いっつも自分の実家に帰らずに主人の実家に逃げ込んでやった。あの人　それが一番困らはるねん。うちはゲームみたいなもんやと思てるけど　子どもらにはちょっとね。家ン中戦場やから勉強どころやないもんね。まともに育つわけあらへん。次々とみーんな警察のお世話になるような子になってしもて。娘は中学の時に産婦人科のお世話になるし　そら波乱万丈やったんよ。娘？　その時の子ども育ててるよ。同級生がカンパしてくれてね　産みやってん。うちの子らはねみんな札付きのツヨイ子に育ったよ。そらそうやん　あの人自身が少年院上がりやったんやもん。あんまりワルいから　親に北海道の自衛隊に放り込まれたんやがな。そこでちょっと性根入れてもろて仕事するようになった人や。

結婚してすぐに　なんでこんな人と一緒になったんやろ　しもたことしたなと思た。そやけど　不思議なことに子どもはすぐにでけて　しかも朝顔の花咲くみたいに　ツルツルと四人も。あのころ給料安いし　あの人　あともう要らんゆうて　何年も作らんかったんやけど　ひょこっと五人目の子がお腹にでけた時に　うち　あの人に隠しとってん。ゆうたら堕《お》ろせ言われるから　ぎりぎりまで隠しとってん。とうとうバレた時　ごっつい怒らはったけど　うち　産んだってん。だって子どもは何人産んでもみなかわいいもん。だけどあの人は欲しなかったその子をえらい嫌《きろ》うて　いっつもきつゥ当たってはった。うち「ちょっと逃げとき」ゆうて　小遣持たせて逃がしたりしよったんよ。ええ子になるわけないやんなあ。

ところがこのごろになって　他の子はみんな家出て行ったし　自分が歳行ってきて　その子が可愛いてしゃあないねん。えらい歳離れてるから　孫みたいに可愛がってからに。病気になって　なんべんも手術して　とうとう自慢のハーレー乗れんようになってしもてその子にやりやってん。それまで手も触れさせへんかったのにね。

今　看病で大変やけど　うち　思てるねん。済んでみたら　みーんな楽しかったなて。

人生みな　スリル満点のゲームみたいなもんやから　楽しまな損やん　な。

柳原静子さん

「ハーレー」の人

わたしは昔、米屋をしていたのだが、そのころのお客さまと今もおつきあいがあって、何人かが「輪」に来てくださる。その中の一人。

一見、なよなよと弱々しい。若いころは夢二が描く女性に似ていた。しかしオシャレをするわけではなく、いつも地味な服装で前かがみ、不幸を連れて歩いているような人である。

ところが実は、とんでもない胆力のある人だった。それを知ったのは「輪」のカウンターを挟んでからのことである。

百歳

広瀬さん

来賓がな　挨拶でアホなこと言いよって。「皆さん　どうか百歳まで元気で長生きしてください」てなこと言いよったんや。俺　頭に来てなあ。「あんた　ちょっと待ってんか。ほななにか　俺らは百歳までしか生きたらあかんのか?」てゆうてやった。俺か?　俺は九十四やからまだ六年ある。
ほんで　こないだや。役所の人間がな　俺のこと年寄扱いしよるんや。「お年寄りにプレゼント」てなこと言いよる。なんやろな　思たら　黄色い杖や。あんなもん要らん。年寄臭い。

思《おぼ》し召し　ロッドさん

ぼくが字を書くと　まるで手品師のようだと言う人があります。日本人には　左手で英語を書いているぼくが不思議に見えるようで。はい　名前はロッド・タキガワです。齢は37歳。近くの教会で英会話を教えています。

父も母も日本人ですが　ハワイ生まれのハワイ育ちです。ミドルネームはキヨシです。お母さんのお母さんがつけてくれたそうです。漢字ですか？　知らないです。いや　ほんとです。ピュアという意味だとは聞いていますが。子どものころ　日本人学校のクリスマス会で「きよし　この夜」とみんなで歌ったのが印象的でした。ぼくのことを歌ってくれていると思いました。

宗教の道に入ったのは　シアトルの大学生の時に　伝道師による聖書の話に感動したことです。特に彼が最後に言った言葉「イエスはあなたの心のドアをノックしている。彼はジェントルマンだから　無理に入って来たりはしない。あなたが　あなた自身の心の鍵でドアを開けなければ　彼は入って来はしないんだよ」がぼくの胸を打ちました。それ以来ぼくはクリスチャンになったのです。丁度その時　ぼくは真実を求めて悩んでいる時でした。それは「ここにある！」と思いました。

彼女ですか？　彼女はサトミといいます。留学中のシアトルで初めて出会いました。それから何年かしてぼくは　日本へ行って英語とキリスト教を教えたいと　教会に申請して日本に来たのです。ひと夏だけの短期間でした。日本ならどこでもいいと申請していたのに　派遣されたのは　サトミの故郷の群馬県でした。そのころぼくは　どんな人と結婚するのだろうか　などと考えていました。だからこれはきっと神様の思し召しだと思いました。

ハワイへ帰ってからは　もっぱら電話でデートでした。そして　プロポーズも電話で。「指環《ゆびわ》を買ったよ」と言ったんです。でも彼女は「それがどうした？」といった感じですぐには解ってくれなかったんです。そこで「ぼくたちの結婚式はいつがいい？」と言ったら　やっと解ってくれました。結婚式はハワイで。彼女は一人でホノルルまで来てくれました。ハネムーンはワイキキでした。

左手

宮内さん

年寄りやのに赤いもん着てて　おかしいでしょ？　でもね　身体がこんなんやから　余計に明るいもん身に着けるようにしてますねん。ハイ　もう27年になります。50歳の時でした。脳内出血でね。杖ついたりして　情けない姿に見えるかもしれませんけど　わたし自分で情けないと思たことないんです。倒れた時も　医者から説明を受けて　ショックがなかったと言えば嘘になるかもしれませんけど　すぐに受け入れました。開き直りとはちゃうんです。どうせ元に戻れないんやったら　出来る限りのリハビリして　残された機能を生かそうと　すぐに左手を使う練習しました。半年間の入院中に左手で箸持ってご飯食べられるようになりました。気持ちの持ち方ひとつです。

え？　マニキュアですか？　そう　右手は自分で塗りますけどね。左手は普通の人より倍以上使います。だから　よく剥《は》げるんです。

歯と耳

藤本さん

わたし　毎朝六時に起きて化粧をして仏壇の主人に挨拶します。人間　若い時は誰でもきれいですけど　齢行ったら気をつけなくてはね。はい　95歳です。一人で住んでます。子どもが結婚して出て行ってくれた時にはホッとしましたよ。テレビ？　政治経済以外は見ません。つまらないバラエティーはどうもね。

歯ですか？　これみな自分の歯です。わたし虫歯になったことがないんです。若い時に一度だけ歯医者さんにかかったことがあります。昔　主人の日曜大工の手伝いで　ペンチ代わりに細い針金を歯で切ってました。それで歯がちびてしまってね。健康な歯がたくさん残ってる年寄りが表彰を受けてはることがありますけど　わたしはもらえません。あれ歯医者さんから推薦が行くみたいで。わたしは歯医者さんにかかりませんから　情報が行かないんですね。食べ物ですか？　米一合に麦一合を混ぜて食べてます。いえ　美味しいですよ。

老人給食に行っても　他の人と話が合わないんです。みんな耳が遠いでしょ？　だから自分だけしゃべって　こちらの話を聞かない人が多いですもんね。

麦刈り

西山さん

ほんと　長生きすると悲しいことが増えるね。一人息子に先立たれてから　主人の認知症がひどくなってきたんよ。このごろ夜中に出て行こうとするの。だから部屋の出口にわたしが寝てるの。それでも　わたしを起こさんように　そーっと出て行こうとするんよ。息子が車で迎えに来てるって。

主人　わたしより十六も歳上の九十二なのよ。今朝も　独りごと言ってるの。「おォおォ　けんちゃんも来たか　みっちゃんも来たか」って　それはうれしそうに笑ってるの。見えない人を抱きかかえるようにして喜んでるの。そして我に返ってね「今日はよう働いたから疲れた」って。額に汗いっぱいかいて。友達と麦刈りしたんだって。聞いたら　みーんな疾《とお》の昔に死んだ人たちなの。わたしはそんな話に相づちを打ってやるのよ。そしたら　楽しそうにいくらでもしゃべってくれるの。

故郷が同じの夫婦は　歳行ってからいいものよ。相手が惚《ぼ》けて　昔の世界に入っていても　お互いが知ってるから　情景がよく分かって　相手をしてあげられるの。そりゃあ認知症老人と暮らしていたら　悲しいことがあるけれど　おもしろいこともいっぱいあってね　楽しいですよ。

銭湯

西山さん

主人　93歳で死んだの。わたしと16歳違いやった。大きな船に乗ってたから　航海に出たら長くてね　ずっと新婚気分。死ぬまでアツアツ夫婦だったのよ。
うち　家に風呂がないの。だから銭湯に行くんやけど　歳行ってからは　主人一人では危ないから　わたしも男風呂に入って世話してあげるの。そしたら　誰もが見て見ぬふりをしてるんやけど　入れ墨したちょっと恐い人が話しかけてきてね「あんた　偉いなあ。女の身でおじいちゃん連れて男風呂へ入って世話するとは。ちょっと出来んことや」てえらい褒めてくれたの。

自慢

岡本さん

三田《さんだ》で降りなあかんのに　ちょっと飲み過ぎてて　気が付いたら鳥取やったんです。午前四時ごろでした。乗務員に「なんでもっと早く起こしてくれへんねん!」ゆうたら　乗り越し分の運賃は負けてくれたけど　帰りの運賃は払わされました。明くる朝　遠いとこから　そのまま早朝出勤しましたんや。けど遅刻して　事情話したら大笑いされました。ほんで正月　親父と飲んでて　その話になったんです。親父も昔　よう乗り越して　ぼくしょっちゅう夜中に篠山《ささやま》まで迎えに行かされてました。ぼくは鳥取やから　親父に勝ったなと思てたら　親父　ニヤリと笑《わろ》て「実は俺　出雲まで行ったことがある」て自慢しよるんです。

母子

中井さん

うちの嫁はん　自分の葬式の段取り　自分でしよったんです。葬儀社にカタログ持って来させて「なるべく明るく」ゆうて　ほんであんな飾りつけになりましてん。最期を迎えるホスピスも　自分で調べて準備してました。ぼくも見に行ってみましたけど　きれいなええとこでした。思っていたより早《は》よ逝ってしもたんで　結局そこには世話にならずやったけどね。

ぼく　商売で大きな借金したことがあって　死のうかと思た時に　働いたらええやんゆうてくれて　朝三時から働きに出てくれました。愚痴は一切言わんと　よう頑張ってくれました。ぼくには過ぎた嫁はんでした。

病気が分かった後も　自宅で家事をこなしてましたけど　死ぬ半月ほど前に辛くなって　とうとう入院しました。その時　お米の炊き方から　衣服のしまってあるところなど細々《こまごま》した家事のことを教えてくれました。ほんでぼく　仕事を辞めたんです。死ぬ日が決まってないんやから　いつまで休まんなんか分かりませんやろ。息子も「お母ちゃんの看病してくれ」てゆうしね。

最期は家で　と家に連れて帰りました。そのうち意識が混濁してきて　ぼくが呼びかけても応えんようになってね。けど　息子や娘が呼びかけたら　返事しよるんですわ。いよいよ危ない　ということで　福知山から90歳になるお母さんを呼んだんです。それが三日前のことでした。午前中に着いたんですけど　もう全く意識はなかったんです。そやのに「信子～　信子～」て呼ばはったら「はーい」て返事しよったんです。嫁はんの声を聞いたんはそれが最後で　その日の午後に逝きよりました。

えらいこっちゃ

岡さん

ナンバーズ宝くじ　毎回買《こ》うてるゆうてたやろ。俺のケータイ番号　俺の車のナンバーそれから彼女のケータイ。この前　買いに行こ思てたら　急に仕事が入って　高槻まで行かんなんようになったんや。けど　帰ってからでも間に合うと思とった。そしたら途中高速で事故やっとって渋滞やがな。結局間に合わんで　その日　買えんかったんや。それが　発表見たら当たっとんねん。ずーっと長いこと買うてたのに　たまたま買えなんだ時に　俺の車のナンバーが来たんやがな。えらいこっちゃがな。二百万やで　二百万。いつも二口買うてたから四百万。それから三日ほど寝られるかいな。

ほんで　ゆうべのことや。家におる時に　ケータイが鳴ったんや。いつもはマナーにしとるのに　鳴ってしもて。運悪う　嫁はんがそばにおったんや。彼女からやったから　誤魔化しながら喋り始めたら　彼女も気がついたらして「間違い電話のフリして切り。またね　バイバイ」て言いよったんや。俺もつられて　ついうっかり「バイバイ」言うてしもた。えらいこっちゃがな。

日本語

宗さん

ぼくの愛読書は『毛語録』。うそうそ　そんなことないよ。なぜ日本に来たかって？　向こうで大学に行ってたけど　自分の人生　このままでは　なんか面白くないなあと思って　中退して。ちょっとした冒険心もあったかな？　三人姉弟でね。姉は今オーストラリア。弟が中国で親の面倒を見てます。ぼくはもう　日本に帰化してしまったので　弟には申し訳ないけど。

日本に来た最初は　やっぱり困ったよ。初めてバスに乗った時はホンマ　びっくりした。まだ言葉が十分ではなかったから　降りる所を　予め幾つ目の停留所と調べておいた。だから　停まる回数を一生懸命数えてた。そしたら　そのうち誰もおらんようになってしまって　おかしいな　思ってたら「終点ですよ」と言われてびっくりした。停まった数　足らないから　まだまだと思ってたのにね。バスは電車みたいに　駅ごとに必ず停まるのではないということを知らなかった。ましてボタンを押すということも。運転手はぼくのことアホ面に見えたやろね。それから日本語必死で勉強しました。

子ども返り

沢田さん

わたし糖尿の気《け》がありましてね　医師に勧められて　60歳過ぎてからジョギングを始めたんです。始めは100メートルも走ると　フーフー言ってたんですけど　だんだん距離を延ばして　そのうち10キロ以上走っても大丈夫になり　やがて色んなマラソンに参加するようになりました。80歳になったらやめようと思ってたんですが　いまだに。でも家内の調子が良くなくてね　医師から「だいぶ子どもさんに返ってきておられますね」と言われちゃいました。だけど　家の中に居るばかりではなんですから　毎日　スーパーに買い物に連れて出るようにしてるんです。腕を抱えて歩くんですが10メートルほど歩いては休み　また10メートルほど歩いては休みしながら　わたしも子どもに返ってね。嫌がる日もありますけど「寝たきりになっちゃうよ」と言って連れ出すんです。そういえば今日は家内の誕生日でした。これから帰って　風呂に入れてやります。

飛行機

林さん

ギアナ高地へ行ってきました。動物も住めないほどの秘境です。標高1000メートル辺りにテーブルマウンテンという切り立った岩山が果てしなく続いているんです。そこにある世界一高い滝　エンジェルフォールには感動しました。六甲山と同じぐらいの高さなんです。セスナ機で奥地まで行って　そこから川をカヌーで二時間半も行かないと見られないんです。娘時代に読んだ『ロスト・ワールド』(コナン・ドイル)という小説の舞台になった所なんです。いつか行きたいと思っていて　やっと果たせました。

砂漠も好きでね　世界の砂漠巡りもしてるんですよ。これまでに行ったのは　タクラマカン、サハラ、ヨルダン、シリア、レバノン。わたし　なんにもないのが好きなんです。湿っぽいのが嫌いなんです。次はね　エジプトの方にあるという　世界最古の砂漠に行ってみたいと思ってます。え?　飛行機事故の心配?　実はそれ　わたしの望みなんです。わたし　飛行機事故で死にたいんです。しかも　海に落ちて見つからないのが願いなんです。マスター　乗ったことないんですか！　マスターが乗ったら落ちるんですか！　それなら是非　わたしと一緒に行って下さい。一緒に飛行機に乗りましょ。念願の飛行機事故で死ねるんなら。

福男

善斉さん

もうやめた　と思っていたのに　就職した消防署の先輩から　命令ゆうわけやないけど「出ろ出ろ」言われて出たんです。もう自信はなかったですけど　まあ救助訓練とかでパワーがついていたんでしょうね　なんとか二番福になったんです。だけど　これが微妙な成績で　やめるにやめられなくて　次の年も出たんです。だけどまた二番。もう勝つまでやめられんて思いました。そして次の年に福男に復活しました。三回目の福男です。学生の時は軽い気持ちやったんですけど　この時はやっと責任果たしたと思いました。ぼく元々神様を信じることなかったですけど　心の中の願いごととか　みな叶えられるんですよ。今は素直にご利益もらってると思ってます。今年から　救急救命士の資格取得を目指して勉強するつもりなんですけど　これもきっと叶えてくれはると思ってます。

熔接

浜さん

あんたはええなあ。喫茶店のマスターに納まって。俺は熔接しか能がないから　いまだに金属と金属をひっつける仕事や。働かなしようがない。新しい嫁はんの子が高校生になってるし　金かかるんや。まあ　嫁はん　看護師してるから助かるけどな。前の嫁はんの子？　前のにはおらん。いやホンマに。養育費？　うん　送ってたよ。でもそれは最初の嫁はんの子で　前のにはおらん。今のが五人目やけど　みんな婚姻届は出したよ。ちゃんと結婚して　ちゃんと離婚した。初めの子が今の嫁はんと同い歳や。そやからみんなに反対された。けど俺らはひっついてしもた。もう離れられん。

椅子

大出さん

とうとう医者に見捨てられてしもた。もう治療の方法はないからホスピスを考えなさい
言いよんねん。人間の一生　あっという間やなあ。死んだらな~んも残らへんもんな。凡
人はみなそうちゃいますのん? 　なんか残るもん　マスターにはあります? 　ほんで俺
今　日曜大工しとんねん。孫にな　椅子作りよんねん。バーベキューとかした時に　これ
ジイちゃんが作ってくれた椅子や　ゆうてくれるかな　思て。うん　それだけ。この世に
その子が生きて　覚えてくれてる間は　俺も生きてんねんな。それで　素人大工で椅子作
っとんねん。俺が死んだ後も　大出精一ゆうジイちゃんを覚えといてくれたら　六十年
七十年生き続けるわけやん。うん　俺が今思てるん　それだけ。

鹿塩豊さんのこと

この人の話は本文には出てこないが「喫茶・輪」にとって忘れられない人。わたしと同年代。亡くなられた後、「高潔の人」と題した冊子を作り仏前にお供えした。その中の彼からの、死を覚悟してのわたしへの手紙。

《喫茶店の開店以来、マスターと客という関係ではなく、友人として接していただき、奥様からは真心をもって応接していただいたこと心より感謝しています。勝手気ままに、ある時は現場打ち合せ事務所に、体調の悪いときには休憩所に利用してご厚意に甘えました。

来店中のいろいろな職業の人、いろいろな個性を持った人たちが自然発生的に「今村教室」を開設し、世の中の出来事に対して侃々諤々《かんかんがくがく》、意見のまとまることはなかったですが、楽しい思い出となりました。また、画廊喫茶として菅原洸人画伯の絵画を展示して文化的な香りのする喫茶店でした。世の中、大変な不況ですが、大いに経営努力をお願いして、来店するお客さんにサービスを提供してあげてください。

「人の命は神のみぞ知る」と申します。わたしも体力が少しずつ弱ってくるのが自覚できるようになりました。不安、恐怖、混乱、残す家族たちの行く末など考えていますと、頭がパニック状態になります。

死後のことはなにもアドバイスできないが、今まで家族で語り合った中で、自分に合ったベストの進路を選択してくれるでしょう。

わたしは先に逝きますが、今村様のご家族は皆様いつまでもお元気で、お幸せにお過ごしください。さようなら。

平成12年6月　日　鹿塩　豊

頭が混乱して文章が支離滅裂で申し訳ありません。意をおくみ取りください。》

そしてわたしの「あとがき」。

《時が経てば悲しみは少しずつでも薄らぐのかとも思うが、鹿塩さんのことはどうもそうではなく、日に日に哀しみの雫《しずく》となって心の底に沈んでゆくような気がする。

もう何年になるやろか、甲子園へプロ野球を一緒に観に行ったんは。鹿塩さんが手に入れたグリーンシートの、放送席のすぐそばのエエ席やった。ビール飲みながら楽しい時間やった。野球に詳しい鹿塩さんと、ほんまに楽しかった。最初の手術前の、まだええ体してはったころには出石《いずし》へ行きました。これは奥さんも一緒やった。それから手術後の元気を取り戻さはったころに、姫路方面にも一緒に行きました。鹿塩さんは手術痕を気にして温泉に入らはらへんかった。かわいそやった。これも家内と奥さんが一緒やった。ええ写真写してもろた。大きなきれいな写真、大事にしてます。

洸人画伯の個展にも行ったし、その時たしか出来立てのハーバーランドへも行きました。

それよりなにより、「輪」で会って話した回数はここに記した数の何倍何十倍、いやそれ以上やろね。いろんな話をしました。ぼくが会社勤めをしていたころの愚痴も聞いてもらったし、鹿塩さんの愚痴も聞きました。店の奥にほかのお客さんがおられないのを確認して話してくれはった。人に話せない話、たくさんしました。議論もしました。意見がどうしても分かれた時、鹿塩さんは、自分を体育会系、ぼくを文系と割り切って話されました。マスターと客との関係ではなく、本当の友人として話が出来ました。これはたくさんのお客さんの中で鹿塩さんだけやった。いろんな思い出、ありがとうございました。これはみんな、大事な大事なぼくと家内の宝物です。

二〇〇〇年八月　今村欣史》

今読んでみると、彼に死なれた直後でわたしの文章にも乱れがあります。今も「喫茶・輪」には、彼のコーヒーチケットがぶら下がり、空調の風に揺れています。

6

塀のうちそと

「塀のうちそと」の語り部、加賀繁躬氏と知り合ったのは、わたしが主宰する将棋会に彼が入会してきたことによる。いわば棋友である。その後、わたしの店「喫茶・輪」の常連客となり、毎日のように顔を見せるようになった。

カウンターを挟んでの彼の話は、わたしにとって驚くことばかりであった。先ず、その言葉に驚く。その世界の専門用語というのだろうか、チャカ（拳銃）、ヒネ（警察）、アンポンタン（覚醒剤）、イモヒク（びびる）、ドウグ（拳銃などの武器）、シゴト（犯罪）、カチコミ（殴り込み）、ユビチギル（指詰める）等々。そしてその言葉の後ろには、わたしのうかがい知れない世界が、黒々と尾を引いているのである。それをユーモアたっぷりに語ってくれる。興味の湧かないわけがない。いつしかわたしは、彼が語る話のメモを取り始めていた。

スキンヘッドの上に体重は優に90キロを超える。堂々たる体軀である。そして両の手の小指が途中から無い。胸のシャツの間からは、時にチョロッとマンガ*（刺青《いれずみ》）が覗く。会社（組）を辞めてから何年も経つというが、ただならぬ気配を辺りに漂わせていた。

しかし彼は、頭の良い人である。だからこそ、その世界で一応の地位にいたのであろう。腕力だけではない、いわゆるインテリヤクザである。読書と将棋が趣味だというのだ。しかし事情があって足を洗う。カタギに戻ったのである。そして自らを「やくざの落ちこぼれ」という。だからこそわたしが興味を持つのかもしれない。やくざの勇ましくカッコいい話など、わたしは大して興味がない。人間の陰の弱い部分にこそ、興味が湧く。それを彼はユーモアを交えて語ってくれていたのである。

その彼も今はない。自分が予測していた通りの消え方だった。本望かもしれない。

［注］＊刺青をマンガと言う隠語には、刺す時の痛みをガマン（我慢）する意味もある

I

現役時代

風呂

I 現役時代

その世界に入ったんは　二十二、三のころでした。初めは兄貴分について教わりました。飯《めし》は親父《おやじ》(組長)より早《は》よ食い終わって持ち場に戻る。外食の時は　好きなもん食え　言われても　親父より安いもんを注文する。風呂で親父の背中を洗う時は　絶対に上から下向きに洗《あろ》たらあかん。こすり上げるんやと。昔　寒い時に学校でやらされた天突き運動みたいに「昇っておくんなはれどんどん昇っておくんなはれ」ゆうて　両手そろえて上向きに洗うんです。親分が出世することは　わしら子分も値打ちが上がることでっさかいに一生懸命でした。

読書

事務所で本読みよったら　組長に言われました。「そんなことしてる間《ま》ァあったら　役に立つことしとれ。本読みたかったら　向こう（懲役）へ行ってから読め。あっち行ったらなんぼでも時間ある」

殺意

ケンカの後始末に相手方へ乗り込んだんです。つまり　傘下に入るか　解散するか　ゆうことですわ。ところが相手方　素直に「ウン」言わん。それでまたケンカですわ。当時は今と違《ちご》うて　時間と場所決めてやったんです。場所は　昔　大坂城落城の時　豊臣方について孤軍奮闘した六文銭の旗印の人が陣を構えた茶臼山公園です。チャカ持ってるもんはチャカ　脇差《わきざし》あるもんは脇差持って　無いもんは竹竿の先に出刃包丁巻き付けて槍にして持って行ったゆうことです。相手が見えたとたんに　うちの親父　チャカ弾《はじ》いて　ポテンポテンと二人ほど倒れたらしいです。親父も　まさかそんな簡単に当たる思うてなかったんでびっくりしたゆうことです。その時の裁判での教訓を教えてもらいました。裁判長が「被告は拳銃の練習はしていたのか?」と問うので　心証悪せんように「いいえ」て返事したらしいです。そしたら裁判長が「それなら結果は別として　相手を殺してもいいと思ってやったのだな」と言われて返事に困ったと。そやからお前ら　そんな時は「練習してました。足狙いましたけど　手元狂って頭に当たってしまいました」言うんやど　て。

命

チャカやらドス突き付けられて　命取られかけたら　みっとものうても　土下座してでも命乞いして　とにかくその場を逃れろ。ええカッコして「やれるもんならやってみろ俺の心臓ここや」ゆうて　胸叩いて　ポンて引き金引かれて死んだ奴がおる。ええカッコしたらあかん。不細工でもええ。命乞いしてでも　とにかく助かれ。ほんで　あとで　後ろからレンガで　頭ゴツンやったらええんや。これ　うちの親父の教えです。人一倍向こう意気の強い親父でしたけど。

ケンカ

昭和50年ごろでした。東京のある組織と　うちの親父の系列下にあった東京の組織が金のことで間違いがおましてん。博打の金やゆうてましたけど　ほんまはアンポンタン（覚醒剤）のことやと思います。相手方は　その組織の中でも一、二の力持ってたそうですわ。そやけどうちの親父も　前の年に神戸の親分の盃《さかずき》戴いてたし　四十歳過ぎの男盛りです。元々　殺しの〇〇ゆうて　大阪では結構売れてましたよってに　イモ引かれしまへん。え？　イモ引くでっか？　ビビるゆうこってすわ。頭《かしら》も根性鉄板やったから　親父に負けんぐらいイケイケドンドンですわ。わしも今では高血圧で　冬の冷たい家風呂は　頭パンクするゆうて　ビビリのおっさんになってしもてますけど　当時は三十歳前後で　親父を男にするゆうて張り切ってました。頭は　枝の兵隊五、六人連れて　ドウグ持って東京に上って行きました。それもチャカだけやったらかわいいもんやけど　ダイナマイトまで持たされて。その時の若い衆　みんなウロ*こいて泣いてましたで。あんなもん破裂させたら　最低でも無期でっせ。それでも奴ら　一人も逃げんと東京で頑張りよりました。その時の若い衆とたまに会《お》うたら　笑い話になってしもてますけど　今の幸せ感じます。わしら居残り組はドウグ持って事務所の近辺の旅館に分散して泊まり　事務所守る者はドウグ持たれへんから(抗争になったら警察の取り締まりが厳しくなるから)　コーラの瓶にガソリン詰めて火炎瓶作って泊まりですわ。事務所がビルの三階にあったから　敵が来たら窓から投げるちゅう手ェですわ。今とちごて当時の旅館の経営者は粋でした。見て見んふりですわ。まあ　親父の顔が利いてましたよってに　警察《ヒネ》に歌うちゅうような野暮はしまへんでした。ケンカであろうとなんであろうと　商売になったらええ　ゆうことですかなあ。大阪商人ですな。すでにうちの連中が東京で相手方の事務所入って行って　チャカ弾いてまっさかい　こっちにも絶対返しに来る思て　腹据えて待ってました。そんな時のことやけど　三日ほどして　一人の若い衆が「キョウダイ　ちょっと銀行行って来るわ」ゆうて出て行ったまんま帰って来なんだことがありました。また別のケンカの時のことやけど　頭から命令受けて「まかしときなはれ」ゆうてドウグ持ってカッコよう出て行った者《もん》がおりました。そやけどそいつ　嫁はんに頼んで　ヒネに通報させて　わざとパクられるように細工しよりました。そら　人殺すよりチャカだけでパクられる方が　懲役　安《やす》おまっさかいになあ。

［注］＊ウロこく＝うろたえる。

犬

うちの組長《おやじ》は犬飼うん嫌いでしてん。そやけどおやじの舎弟とこが土佐犬飼うてました。そこの姉《あね》さんがかわいがってました。若衆に散歩させたりして世話させてましてん。土佐犬　お粥《かい》さん食いまへんわな。そやから若衆にお粥食わして　犬に肉食わしよりました。その若い衆　いっつもぼやいとりました。ある時　その舎弟とこで　よその組ともめごとがあって　ケンカになったんです。カチコミや！　ゆう時　その若衆　言いよりました。「犬に行ってもらえや」て。

ゲンコツ

俗にいう大阪戦争が起こる前やから　昭和50年ごろでしたやろな。うちの組長《おやじ》が兄事《けいじ》していた通称「○○駅」で通る神戸の大親分の若頭補佐がおりましたんや。そこの組が　大阪のほかの組織と間違い起こしました。それがまた　うちの事務所と目と鼻の先でした。

その晩 うちのオヤジが幹部連中連れて「○○駅」に陣中見舞いに行きましたんや。そしたら 親分筆頭にハッピ姿に地下足袋《じかたび》履いた若衆30人ほどが 飯食うてたそうですわ。完全に昔のヤクザのケンカ姿です。その親分は△△が通ればぺんぺん草も生えんと言われた人の舎弟頭《しゃていがしら》しとったくらいの人でっさかいに ケンカはお手のもんですわ。そこへうちのオヤジが入って行って「大阪のことはうちでやりまっさかいに 兄貴は気楽にしとってください」とゆうたそうです。大阪の事務所に帰って来て 幹部連中とマージャンしとったら ○○駅が撃ち込まれた ゆうて電話が入りましてん。それ聞いたとたん オヤジ顔真っ赤にして「イケッイケッ!」言いました。そこでわしら 即招集ですわ。例の根性鉄板の頭《かしら》登場です。「いわしてしまえ!」の一言で わしら兄弟五人が車に乗って 相手の事務所へカチコミに行ったんです。そしたら シャッター下りて 電気消えてて 誰もおらしまへん。そやからゆうて 窓ガラス割ったぐらいで帰ったら どやしつけられますがな。五人で「どないしょう」ゆうて 頭寄せて相談した結果 そこの組はパンマ(売春マッサージ嬢)使《つこ》うてしのいどる(稼いでいる)から 近所のホテル入って そこの女呼んで奴らの居所聞き出すことにしたんです。そやけど女ら 誰一人 奴らの居所知らしまへん。脅したりすかしたりしたんやけど ほんまに知らんみたいやった。金は二万五千円払《はろ》うとるし もったいないから五人で やりましてん。帰って頭に事情説明して「後日また自分ら行きます」言いました。そしたら「おう　そうせいや」ゆうてくれるもんやとばっかり思てたら　いきなりゲンコツ食らいました。「おのれら　どのピストル撃ってきたんじゃ！」ゆうて。次の日には中に立つ人がおって「○○駅」の親分とこに五千万円ほど詫び料が入ったらしいけど　わしらに入ったたんは　ゲンコツだけですわ。

Ⅱ 懲役時代

虫歯

Ⅱ 懲役時代

刑務所へ入るときは　歯ァ治してからやないとあきまへん。あの中で虫歯になったら治療を申し出ても　呼び出しは忘れたころですわ。それも　アッという間に抜かれてしもて。ウンもスーもおまへん。抜いたら　そら早いですわな。わしらの治療に手間ひまかけてくれるわけ　おまへん。

慰問

おもろないのんは　慰問に来る演芸を観なあかんことです。あれは嫌やった。趣味でやってる奥様族の発表の場にされとるようで。特に子どもの合唱なんかの慰問は苦手やった。わしも家に三人の子ども残しとったんや。お涙の押し売りみたいでな。あの中は悪人の坩《る》堝《つぼ》です。あらゆる悪人がいてます。そんなとこに子どもを連れてくること　おまへんやないか。女の子に悪さして捕まった奴もおりまんがな。なに考えてるか分からん連中ばっかりや。慰問観てる間があったら　わしは本読んでる方がよっぽど良かった。ただし　鳥肌立つような　プロの芸観るのは良かったけどな。

Ⅱ 懲役時代

運動

運動の時は　わしらエエかげんにやるんやけど　中に汗水たらして一生懸命ランニングしてる奴がいて「なんでそないに一生懸命やるんや？」て尋ねたら「出てからエエ仕事（犯

罪のこと）あった時のためや」て言いよる。山越えの逃亡のために鍛えとるんです。そんな連中ばっかりですわ。

コソズリ

Ⅱ懲役時代

元気もんの男ばっかりでんがな。たまって来まんがな。ほんなら　ヌード写真の載ってる週刊誌持って布団なか潜り込みまんねん。「皆さんお先にごめんやっしゃ」ゆうてな。そやけどケンカになったこともあった。たしか美保純のヌードが載ってる本やった。だれかが置いてたんや。そしたら他のもんがそれ持って　布団かぶってコソズリしよったんや。それ知った持ち主が怒りよった。「あれは俺が真っ先にイコ思てたのに」て。

刑期

Ⅱ懲役時代

その頃　拳銃《チャカ》一丁一年が相場でした。わしは二丁で捕まって　それに常習賭博が重なっ

たもんやから　二年半でした。入れられたんが　カレーライスの旨い刑務所で　卵が一個ついとりました。そこでも胴元になって　その卵やティッシュペーパーなんかの生活必需品を賭けて博打やってたんです。あの中ではそんなもんをようけ持ってるもんが金持ちですわ。金では買えん　ええ経験させてもろた思てます。

父親はもう死んでました。韓国から19歳で強制連行されて来たゆうてましたけど　詳しいことはわしにも喋りたがりませんでしたなあ。おふくろは8歳の時　新天地を夢見た父親に連れられて日本に来たゆうてました。そのおふくろがある日　家内と一緒に面会に来よったんです。胃の具合が悪いから手術することになったゆうて。わしは一目見てガンかも知れんと思いました。家内の目ェ見て間違いないと思いました。そしたらやっぱり　後で手紙が来て　半年の命ということでした。刑期がまだ一年ほど残ってましたんで　家内が最後の別れに連れて来てくれよったんです。それからは真面目に勤めました。本読むこと覚えて　山本周五郎が好きになりました。靴づくりの作業もさせられてましたけど　時間はなんぼでもあって　習字の通信教育も受けました。字　ちょっとは上手くなりましたけど　これはムショ初段です。

やっと刑期終えて出てきたら　おふくろまだ生きてました。わしが出てくるまで死なれへんゆうて　待ってくれとったんです。見る影も無《の》うなってましたけど　執念で生きてました。

顔合わせたら　黙って涙流すだけでした。それからまだ半年生き続けました。毎日看病に通いました。死ぬまで通いました。

チャカと賭博で捕まったんやけど　わしは泥棒したり素人さんにケガさせたわけと違います。チャカと賭博は　わしらの商売道具でした。それで捕まったんやから　しょうがないと思てました。そやけど　足洗《あろ》うてなかったら　今ごろは命無くなってるか　逃げ回ってるか　また長い懲役暮らししてるかですやろな。

塀

この筑前煮　旨いなあ。大学行ってた時に　初めて食わしてもろて　旨いなあ　思たんやけど。えっ？　大学でっか？　わしが行ってた大学は国立でっせ。チャカと賭博で二年半行ってました。ちょっと塀が高《た》こましたけどな。規律も　そら厳しいもんでした。

天井

Ⅱ 懲役時代

大学卒業(出所)したときのことでっか？　家に帰った時　天井がえらい低《ひ》く感じたんが妙に印象に残ってマ。二年半　大学の天井見てましたからなあ。え？　最初にしたかったこと？　そらマスター　あれに決まってますがな。嫁はんと久しぶりに向かい合《お》うたらなんや　照れ臭かったなあ。

官

Ⅱ 懲役時代

靴や下着　官の物は身に着けん。それがわしらの見栄ですわ。とりあえず　自分で買《こ》うてもええもんは　官の支給品は身に着けん。ちょっと違う物　身に着けますねん。

粗食

高血圧の者《もん》はあきまへん。みんな塩で味誤魔化しよるから。味噌汁なんか　ただっ辛いばっかりですわ。そやけど　糖尿病治そ思たら　チョーエキ行きなはれ。一年ぐらい行ったら　治りまっせ。あそこはホンマ粗食やからな。

Ⅲ 出所後

行儀

将棋の相手が　きつい手指しよるんや。それも　小指立てて指しよる。わしへのイヤミか？　て思うで。この指ですか？　これは博打で負けた借金の期限が過ぎて　取り立てに来た奴に千切《ちぎ》ってやった。マンション買えるほどの金額やった。そしたら「こんなもん鳥のエサにもなるかえ」て言われて。マスターやからゆうけど　わし　組で組長《おやじ》のそばにおりましてん。こっちの指でっか？　これは足洗う時に千切りました。背中には　しょうもない絵　描いてまっさかいに　暑なってきたら　着るもんにも困りまっせ。袖の短いもん着られんで。

行儀だけは良うしとこ思てます。「やっぱりあいつはあかん」て言われんように。よろしゅうお願い申します。

鼻の穴に

両方の鼻の穴に　こないして　両方の小指の根元突っ込んで　子どもらに見せてやったら　ひっくり返りよった。

いや　もうしまへん。すんまへん。将棋会ではもうしまへんよってに。

ちょうちょ

最近入って来た新しい会員が　わしの顔を　なにもの？　ゆう顔で探りを入れるように見よるんや。そやから「コラッわれっ！　人の顔じろじろ見やがって！　わしの顔にチンチン電車でも走っとんかえ！　それとも　鼻にちょうちょでもとまっとんかえ！」て怒鳴

ろか思たけど　辛抱しました。またマスターに叱られますよってに。

学校

小学校の将棋クラブの指導に連れて行ってくれて　うれしおました。わし　自分の子どもの参観にも行ったことおまへん。そやから学校行ったん久しぶりですわ。高校ンときセンコどついて退学して以来やから　ほんま久しぶりやった。そやけど　わしみたいな風体の者《もん》　よう連れて行ってくれました。父兄にバレたら　校長困りよるんとちゃうやろか。小指千切れとるんは隠しときましたけどな。

ゴンタ

将棋会の例会に来よる子どもの中に　どもならんゴンタがおる。わし　そいつに教育したっとる。「ワルやるんやったら　根性据えてやれ。中途半端なゴンタはやめとけ。わしみたいになってしまうど」とゆうて　両方の手の　千切れた小指見せたるんや。え？　あきまへんか？　あ、親に言いよったらあかんか。

深爪

今の女と仲良うなって　ちょっとしたところに気づきよった。「なに？　この指！」て。両方の小指　千切れとるから　そら初めて見たらびっくりするわなあ。そこでわし　言うてやった。「ちょっと深爪しただけや」て。

値踏み

こないだのことだ。並んでバス待っとったんですわ。一番前に通院のおばあさん　その後ろに新聞読んでるサラリーマン　次にわし　後ろが女学生。そこへ　ネクタイ締めた男が来よって　うろうろしとって　バスが来たら　スッと一番前に出て　乗ろうとしよった。

「コラーッ、ワレーッ」ゆうて　襟首つかんで引きずり下ろしたった。いや　別に正義ぶったわけやおまへん。ほかの客はどうでもよろしおま。並んどるもんの顔　一応見といてこんなんやったら　割り込んでも大丈夫　思いよったんやろ。ゆうたら　わしの顔の値踏みしよったわけや。一発　カマシ入れんわけにはいきまへんわな。

選挙権

日本とブラジルがやる時は　もちろん日本を応援しまっせ。ほんで　韓国とどっかがやる時は　そら韓国応援しまんがな。そやけど　日本と韓国がやる時は　ほんま困るんや。わし　どっち応援したらええか分かりまへんねん。「シュート、入った!」ゆうても「やったーっ」言いかけて　上げた手ェ　そろーっと下ろして　考えてしまいますねん。見んかったらええんですけどな　そんな試合に限って　ごっつう見たいんや。わしの体には韓国の血ィ流れてるし　生まれ育ったんは日本やし　言葉も大阪弁やし。そやけどわし　選挙権　おまへんねん。

小指

小指　千切って放ってしもたら　真っすぐに走られしまへん。なんやしらん　自然に曲がってしまいますねん。え？　それで両手の小指千切ったてか？　マスター　ええ加減にしなはれ。

揚げ足取り

「雨が降ったら　来たらあきまへんのんか！」……　大きな声出してすんまへん。昔まだ見習い中のころ　テレビに向かって　揚げ足取りの稽古をようしました。ああ言やこう言う　こう言やああ言う　の無理を通して道理を凹める　いわゆるディベートですわ。ちょっと触りをやりまひょか？……　そない驚きなはんな。シッコちびるてかいな？　マスターには勝てますかいな。

前科

Ⅲ 出所後

また自転車盗られてしもた。中古でも買《こ》うたら高いなあ。わしも盗んできたろかな。いやいや　自転車泥棒で捕まったら　わしの前科に傷がつく。銃刀法と賭博ちゅう　黒光りしとる前科に傷がつく。

後悔

Ⅲ 出所後

みんな一緒やろけど　わしがおった世界は特にそうやった。銭のないのは首がないのと同じゆう世界です。あのころはよう遊びました。半端やない遊びしました。そやけど　どんな世界におっても　つけはきっちり返って来マ。親が苦労して残してくれた家　無くしました。嫁はんも逃げました。子ども三人連れて逃げました。腹の底では後悔してまっけど　そんなもん人には言えまへん。人間　そう簡単に染みついたもんは抜けまへん。

あの世界から足洗《あろ》てから10年以上過ぎましたけど　世の中　捨てたもんやおまへんなあ。銭なしの病気持ちの　こんな男にも　ついて来てくれる女現れたし　将棋の仲間はみな優しいし　たまにムカッとすることはあっても　今は意識して自分を殺してます。このまま歳行って　死ぬとき「ええ人生やったなあ」て思えたらええけど　そうはいかんか。

ゴールデンバット

Ⅲ 出所後

このタバコでっか？　ゴールデンバットいいまんねん。値段？　ちょっと高《た》こまっせ。20本入り百十円だ。これ　スナックで喫《す》うてたら　若い娘《こ》が「おっちゃん　カッコええのん喫うてるねえ」て言いよります。そやけど　昔の連れに会《お》うたら「なんちゅうタバコ喫うとるねん。ワレも落ちぶれたのう」て言いよります。

人生

Ⅲ 出所後

一ぺん　覆面してテレビに出たことがあって　上岡龍太郎が「ヤクザやめた今　どんな気持ちですか？」て訊きよった。向こうの狙いは分かっとる。やめて良かった　言わせたいんや。そやけどわしは「死ぬときやないと分からん」ゆうてやった。こんなわしでも自分の人生　他人さんに否定されとうはないんや。そやけど　マスターやから言いますわ。神戸で店してた時　カウンターの中にチャカ用意してましてん。扉がカタッというたんびに　ビクッと身構えよりました。あの頃のこと思たら　今　こないしてゆっくりコーヒー飲んで　マスターと話出来るんが幸せかな　とも思います。そやけど　やっぱりほんまのとこは　自分の人生良かったかどうか　死ぬ時やないと分からんのとちゃうやろか。

墨

Ⅲ 出所後

また入院します。背中のできもんが大っきなってしもて切ってもらいますねん。え？

「せっかく背中切るんやったらイカの皮めくるみたいにめくってもらえ」てでっか？　マスターまた無茶言いまんなあ。

カラフルでっしゃろ。わしのはパナカラーでっせ。これ入れた時　パナカラーのコマーシャルようやってました。なんぼ隠してても　夏はチョロチョロ見えるし　時にはチラッと　わざと見せたりしまんねん。すっかり足洗《あろ》うたつもりでも　狡《ずる》いとこおます。ホンマにケンカになりそうな時にはしまへんで。トラブル起こしても　今更警察に願うことできまへんよってにな。

天敵

マスターの血液型　なんでっか？　O型？　良かった。もしマスターがA*やったらどないしょ思た。ここに書いてあるんやけど　BとAは相性悪いんやて。天敵て書いてある。

［注］＊A＝実はわたしはA型です。

三回半

ダンプカーに乗ってる時やった。仕事仲間が「今日、何回走った？」て訊きよったから四回の意味で　指四本立てたんや。ほんならそいつ「三回半でっか？」て言いよった。

ガラウケ

会社（組）やめて　東京におるころ　えらい貧乏しとってな。息子　中学生やった。万引きで捕まりよって。東村山署にガラウケ（身柄引き受け）に行ったんや。帰りにラーメン屋で息子にゆうてやった。「こんなことばっかりしよったら　しまいにチョウエキやぞ。代わってやりとうても　代わってやられへんからな」そう言いながら　貧乏はつらいなあ思いました。

ナリワルイ

Ⅲ出所後

昔の連れで　わしと同じような奴がおって　会《お》うたら言いよる。「わしら　一ぺんも税金払《はろ》うたことないのに　今　病気して　貧乏して　福祉で食わしてもろて　ナリワルイこっちゃのう」て。そやけどわしは「チョーエキの時　何年もえらい環境で　タダみたいな賃金で働かされたやないかえ」て言いますねん。ナリワルイこっちゃ。

アゴ

Ⅲ出所後

派手な茶髪の兄ちゃんと自転車でぶつかりかけたんや。そいつ　なんて言いよったと思う？　わしの顔　見る前に「おっさん殺すど。気をつけんかえ！」て。そやからわし　ゆうたりました。「おう　兄ちゃん元気エエのう。ゆうとくけど　わしらのケンカは　タンコブ作ったぐらいでは済まんのやど。お前　わし殺して　チョーエキ20年行く覚悟あるんかえ！」て。もうケンカでは勝てんから　アゴで行きまんねん。え？　顔もやてでっか？

マスター　ええ加減にしときなはれ。

文化人

Ⅲ出所後

入院してましてん。夜中に腹ン中に五寸釘ねじ込まれたみたいに　あんまり痛いからかかりつけのセンセに「来てほしい」てケータイかけましてん。大阪からマイカーで来てくれました。ええセンセや。赤ひげみたいなセンセや。ホンマ助かった。え？　脅したんかて？　「ワレ　ちょっと病院まで運んだれや」て？　マスター　無茶いいまんなあ。

病院へ本持って行きましてん。菅原センセの『四角い太陽』*。看護師がそれ見て不思議そうな顔しとりました。まあ　そやわな。わしの体の前うしろには怖いマンガ入っとるしな。本読むガラとちゃうわな。わしもここで色んな人と知り合いになって　もう悪いこと出来まへん。あんな人らと仲良うなってしもて。

［注］＊『四角い太陽』画家菅原洸人（この本のカバー表紙、カット画の作者）の自伝

死に方

ヤクザの死に方には二通りおます。親分の前に立ちはだかって撃たれて死ぬのんが一番カッコええ。そやけど　わしの兄貴分の一人は　違いました。現役の時　総理大臣と一緒に写真に写るほどの力持ってましたけど　ある時　なに思うたんか　足洗《あろ》うたんですわ。ヤクザはつぶしが利きまへん。いっぺんに貧乏ですわ。病気しても見てくれる者おらんし一人で死にました。それも　死んでから三月《みつき》もしてから見つかりましてん。検死でも死因が分からんほど腐ってしもて。これもヤクザの立派な死に方やとわしは思てます。わしでっか？　わしも足洗うてから　やっぱりこないして貧乏やし　そのうえ病気持ちです。そやけど　そんな　誰にも知られんと腐るような　カッコええ死に方はできまへん。わしもビビリのおっさんになってしもて……。夜寝るとき　枕元にケータイ置いとくのは当然として　部屋の鍵はかけンときまんねん。急な病気で動けんようになって　救急隊が来てくれた時　すぐ入って来れるように。そやけど昼間　外出するときは鍵かけまっせ。盗られて困るもんはなんにもないけどな。

塀のうちそと

あの塀が　なんともいえませへんなあ。工場の高い塀が。ここからは建物の窓が見えまへんやろ。つい思い出しまんがな。なーんもない刑務所の塀を。そやけどここは　外です。間違いのォ　ここは娑婆《しゃば》ですわ。ほんで　わしは今　ここに座ってコーヒー飲んどります。しみじみ旨いコーヒーを。

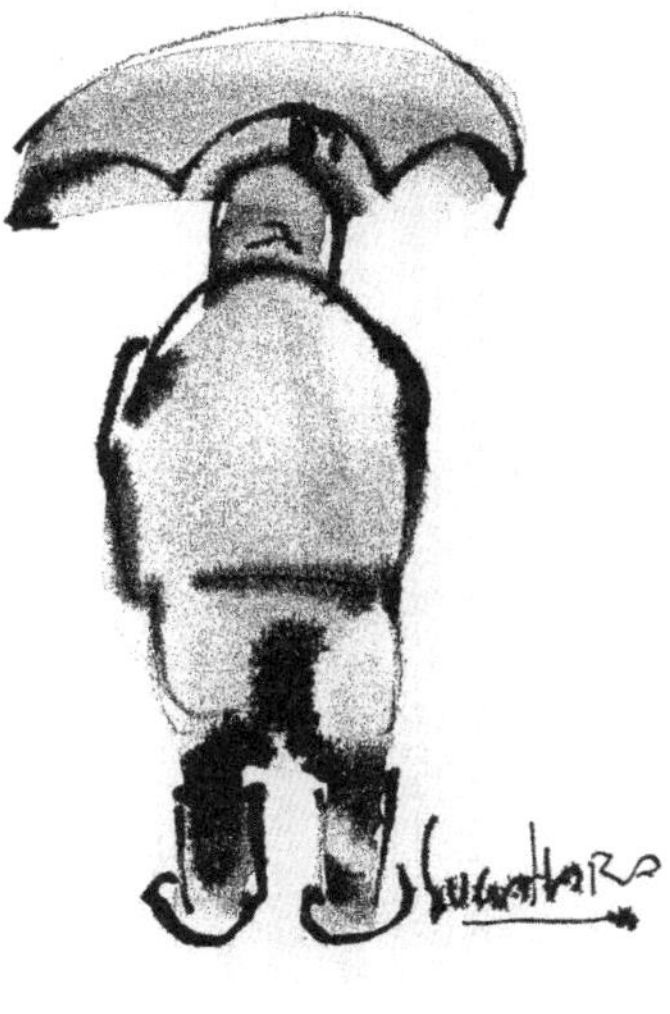

あとがき

「コーヒーカップの耳」を詩集として出版したのは二〇〇一年のことでした。その時、読んで下さった人の多くから「続編を期待します」とのお言葉をいただきました。本にするしないは別として、その後もわたしは記録を取っていました。それがこの『完本 コーヒーカップの耳』です。

「喫茶・輪」がオープンしたのは昭和62(一九八七)年。以来三十余年、曲折はありましたが今もまだ扉を閉めずにいます。その間にお亡くなりになった常連さんも多く、目を瞑ると一人一人のお顔が脳裏に浮かんできます。

詩集『コーヒーカップの耳』にも記しましたが、もう一度書いておきます。

カウンター席にお座りになるお客様は、みな話し好きである。一様に明るい。ところが実は、淋しがりやでもある。胸の中に、誰にでも話せないものを抱えておられることが多い。とてもここには載せられない、深刻で陰惨な話もある。それをわたしには包み隠さず、つとめて明るく話してくださる。

こんなにも愛《いと》しく愛《かな》しい人間模様を語ってくださるカウンター席のお客様に深く感謝いたします。

＊

十九年前、詩集『コーヒーカップの耳』を出版した際には、作家の田辺聖子さんが帯文を提供してくださいました。それはわたしにとって僥倖ともいうべきものでした。『完本コーヒーカップの耳』も是非ともお読みいただきたかったのですが、残念ながら昨年お亡くなりになり叶わぬこととなってしまいました。

この度、ご遺族のお許しを得て、再び聖子さんのお言葉を帯に使わせていただくことになりました。ご冥福をお祈りしつつ、お礼申し上げます。

また、詩人でもある作家のドリアン助川さんからもお言葉を提供していただけました。ところが、その文を見たわたしは、アッと声が出ました。冒頭に「人の世」という言葉があったからです。わたしが尊敬してやまない、神戸の詩人で、作家でもあった足立巻一先生が好んで色紙に書かれたのが「人の世　やちまた」という言葉でした。それはわたしの店にも飾ってあって、不思議な縁を感じます。

ということで、わたしにとっては夢のような本になりました。深く感謝いたします。

神戸の洋画家、菅原洸人画伯が生前に描いて下さっていた「喫茶・輪」の水彩画、そしてカットを、ご夫人のお許しを得てカバー表紙、本文に使わせていただきました。ありがとうございます。

朝日新聞出版の岩田一平さんには、わたしの書くものをよくぞ目に留めて下さいました。そしてこのような素晴らしい本に仕上げて下さいました。深く感謝いたします。

最後になったが、忘れてはならない人がもう一人。「喫茶・輪」のママとして明るく立ち働く妻、恒子なくしてこの本は生まれなかった。ありがとう。

二〇二〇年一月一日

今村欣史

今村欣史
いまむらきんじ
1943年 兵庫県生まれ。
兵庫県現代詩協会会員。
芸術文化団体「半どんの会」会員。
詩集『コーヒーカップの耳 今村欣史詩集』2001年 編集工房ノア、
第31回ブルーメール賞文学部門受賞。
『触媒のうた 宮崎修二朗翁の文学史秘話』2017年 神戸新聞総合出版センター、
第66回「半どんの会」文化賞受賞。

完本《かんぽん》
コーヒーカップの耳《みみ》
阪《はん》神《しん》沿《えん》線《せん》喫《きっ》茶《さ》店《てん》「輪《わ》」人《にん》情《じょう》話《ばなし》

２０２０年２月28日 第１刷発行

著者◆今村欣史《いまむらきんじ》
発行者◆三宮博信
発行所◆朝日新聞出版
〒104-8011 東京都中央区築地5-3-2 電話◆03-5541-8832［編集］◆03-5540-7793［販売］
印刷所◆大日本印刷株式会社

ISBN 978-4-02-251668-8